見えぬ敵
夜逃げ若殿 捕物噺15
聖 龍人
時代小説
二見時代小説文庫
JN257206

目次

見えぬ敵——夜逃げ若殿 捕物噺15

第一章　火消しの男

一

秋雨は涙の粒に違いない。

葬式がいま終わったにもかかわらず、不作法な雨は寺の屋根から軒下まで濡らし続けている。

お志津の葬式……。

ばちばちと音を立てる蛇の目傘を傾けて、市之丞が千太郎のそばに寄って来た。まぶたは腫れ、真っ赤である。横に由布姫がそっと寄り添っているが、その目も同じく赤い。

「若殿……」

「いま、その言葉は使ってはいかぬ」

「は……」

目を腫らした市之丞は、本堂の前で頭を下げるお志津の両親に目を向けた。両親とも気丈にはしているが、その肩は下がり、力を落としている姿を見るのは忍びなかった。

「どうしてこんなことになったのです。誰が斬ったのです」

市之丞が声を絞り出して訊いた。

「それは……まだ、わからぬ」

下総稲月家三万五千石の若殿、稲月千太郎は小さく答えた。となりで悔しそうに唇を噛んでいるのは、将軍家御三卿、田安家ゆかりの由布姫である。

ふたりは許嫁の関係でありながら、お互いを知らぬ頃、祝言を挙げる前に江戸の市井暮らしを楽しんでみたいとばかりに、江戸屋敷を抜け出した。

そこに偶然か必然か、お互いを知るきっかけの騒動に巻き込まれ、いまは身分を知る間柄である。

「これから私はどうして生きていけばいいのか……」

市之丞と志津とは、許嫁の約束をしていたのだ。

お志津の両親は、十軒店で梶山という人形店を開いている。

御殿奉公として由布姫の側付きになったのだが、近頃は由布姫が屋敷から出て千太郎が居候をしている上野山下にある片岡屋の離れに通っている。その留守を守るためにお志津は働いていた。そんな裏があるから、由布姫としては自分の落ち度のように思えてならない。

「確実に、下手人は上げます」

市之丞に伝えるが、当の本人は、領く気力もなさそうだった。じっとなにかを考えているようだが、その心は千太郎と由布姫にも憶測はつく。おそらく、これからどう生きていこうかと考えているのだろう。そう思うと、ふたりともそっとしておいたほうがいいような気もするのだった。

「国許に戻ります」

血を吐くような言葉に聞こえた。

「気をつけろ」

千太郎には、それしか言葉が出てこない。

こんなとき、人はどんな慰めかたがあるのだろう。おそらくは黙っていることが最大の助けだ。

雨はまだ降り続いている。

境内に立つ銀杏の葉が揺れている。その下で小さな虫が蠢く姿が見えた。市之丞はそれを、じっと見ていた。一度踏み潰そうとしてやめると小さくため息をついた。

「命は踏めない……」

千太郎と由布姫は顔を見合わせる。

「千太郎君……」

声の主は、市之丞の父親佐原源兵衛だった。沈痛な面持ちは息子の市之丞よりも強そうだった。急激に皺が増えたように見える。

「私もこれで……」

「そうか」

「くれぐれもお気をつけて。無茶はいけません」

「ふむ」

こんなときだ、屋敷から抜け出し続けている千太郎に説教をする気はないらしい。お志津の仇を討ちたい気持ちは抑えることができないのは当然のことだが、それについても、源兵衛は言及しなかった。

市之丞の気持ちは、石にかじりついても自分で仇を見つけて、成敗したいはずである。だが、いまの立場ではできない。国許で政務が待っている。いまや市之丞は国家老に出世していたのである。

「源兵衛。屋敷は問題ないか？」

「……気になりますか？」

「む……まぁな」

「ご自分が何者か忘れてしまったかと思っていましたが、そうではなさそうなので安心しました」

「む……」

源兵衛の皮肉が懐かしい。

「お志津さんの仇を討つまでは許しましょう」

「それはありがたい。お墨付きをもらった気分だ」

「あげました」

にやりと源兵衛は皺のある顔をほころばせて、

「とにかく、たまにはお戻りください。いまでは、家臣たちも山下にいることは気がついています。これがご公儀にばれたら……」

そこで由布姫の顔を見て、ふっと微笑んだ。

「まぁ、心配はなさそうですが……」

　まさか、天下の田安家ゆかりの姫がこんなところにいるとは誰も気がつくまい。由布姫がいるから千太郎も勝手気ままでいられる。

　源兵衛は唇を一度嚙み締めてから、

「とにかく無鉄砲なことはおやめください」

「わかっておる」

　では、といって源兵衛は頭を下げてから背中を見せ、その場から離れていった。

　続いて、市之丞もていねいに腰を折った。供の者がそばでなにか囁（ささや）いた。市之丞は頷いて、寺から外に向かった。

「私たちも」

　由布姫が歩きだす。

　本堂の前では、まだお志津の両親が挨拶を続けていた。

　雨はますます強くなり、傘を破らんばかりであった。

二

話は五日遡（さかのぼ）る——。

江戸の秋は早い。

九月に入るとあっという間に夏から秋へと大川の風が変わり、涼しげな顔つきをした棒手振（ぼてふ）りたちの声が響き渡る。夏の暑い日は参ったぞ、といいたそうな顔が、はつらつとして見えるのだった。

近頃は山之宿（やまのしゅく）の親分としてその名を轟（とどろ）かせて、いつも夏のような顔をしている弥市（やいち）にも、秋はやって来る。汗を吹き出していた顔が、すっきりしているのだ。歩く足さばきも軽い。殺しでも起きたらすっ飛んでいけるだろう。

弥市は、いま奥山（おくやま）の茶屋に腰を下ろしたまま、左右を歩く人並みを眺めている。

ひととおり山之宿から浅草（あさくさ）、奥山界隈（おくやまかいわい）の見廻りを終わって、喉（のど）を潤（うるお）しているところだ。懐には、拾った小粒が入っていて、

「今日は、ツキがあるぜ」

ほくそ笑んでいるのだった。

だが、その笑みも長続きはしない。掏摸でも歩いていないかと目を光らせるからだった。

そこへ、若い男が寄って来て、

「旦那……なにかいいことでもありましたかい？」

思い出し笑いを見られていたらしい。

「……なんだ、太助か」

「へへへ」

「嫌な笑い顔するんじゃやねぇ」

「なにね。親分にもいい女ができたかと思いますと、あっしもうれしいなぁ、と思いまして」

「なにをいいだす」

「違うんですかい？　さっきの薄笑いは」

馬鹿野郎、といって弥市は立ち上がった。

この太助という男は、山之宿界隈を縄張りにしている町火消し十番組ち組の者だ。塒が弥市と同じ山之宿にあり、近所付き合いをしている仲なのだった。それだけに遠慮がない。

　その太助が、にやにやしながら弥市をじっと見ている。そのほくそ笑んだ顔つきはなにかいいたそうだ。

「なんだその顔は」

　弥市が思わず訊いた。

「へへへ、あっしにもね……」

「はん？」

「できたんでさぁ」

「子どもか」

「旦那……それは早すぎますぜ」

「さっさといえ」

「へへへ……」

　太助は、照れ隠しのつもりか、頭を掻きながら、

「話を聞いてくれますかい？」

　弥市は、周りを一度見回して騒動が起きていないかどうか確認した。奥山はいつものごとく、喧騒のなかにあった。芝居見物帰りは楽しそうな顔で歩き、買い物の娘た

ちも供の者と笑顔を見せ、お使いの途中らしき小僧は、あたふたと通り過ぎていく。

いつもの奥山だ。

「聞きたくねぇといっても、話すんだろう」

さっさと喋ったらいいだろ、と弥市は一度立ち上がった縁台にふたたび腰を下ろした。

太助は、へへへと笑いながら、

「じつはね……」

鼻を掻きながら喋り始める。

太助が火消しになったのは、江戸で初めて火事を見たときからである。生まれは相模。海育ちのために火事とはあまり縁がない。なにしろ、少々の火なら海水で消すことができる。

それに、江戸と異なりそんなに年中火事で焼け出されるというようなこともない。

だが、いつまでも漁師をやっているのも面白くねぇ、とばかりに、太助は江戸に出た。もっともその裏にはある娘に振られたのがきっかけだから、それほど威張れた話ではない。

その娘というのが船主のひとり娘の、お清だった。

お清の両親はお前などと娘が釣り合うはずがない、とまったく相手にしない。当のお清にも半分笑いながら袖にされた。

そこで、太助は一旗揚げると言い張ると、母親が止めるのも聞かずに江戸に出て来たのである。

そして、ふらふらとやって来たのが浅草。江戸に来たならまずは浅草寺の観音様にお参りをしろ、と母親のおツネにきつく言い渡されていたからだった。

信心なんざへの河童という太助だったが、お清に振られたのは、信心不足かもしれねぇ、と勝手に解釈をして、

「俺を振った女に悲しみを！」

そんな願掛けはない。

だが、太助は大まじめにそんなお願いをした。

それだけではない、

「あっしに、いい女を与えておくんなさい」

図々しいにもほどがある。

周りから見たらとんでもない願掛けをしてから、太助は不忍池前にある水茶屋に

入った。

縁台に座ると同時に、火事だという声がした。

「火事？」

生まれ故郷ではあまり火事など見たことはない。珍しいというより、火事とはどんなものかとそっちのほうが気になった。

観音様が焼けたら困るぞ！

そんな声が聞こえる。

「観音様が焼ける？」

そこまでの危機感は太助には感じられない。そもそも観音様がどんなものなのか、よく理解できていないのだ。

通りを大勢の人たちが走り去っていく。

町娘が血相を変え簪（かんざし）を揺らして駆け抜けるかと思えば、奴（やっこ）さんが髭（ひげ）を風にたなびかせながら走り去る。

仇を見つけたような武士は目が血走り、やくざふうな男は肩まで袖（そで）をまくりあげて、皆一斉に同じ方向へと土煙（つちけむり）を上げていくのだ。

「はぁん？」

最初はのんびりしていた太助だったが、さすがに慌てて店の仕切りを飛び越えた。

だが、店を出た途端、

「邪魔だ！」

数人が走り抜ける場を邪魔したらしい。どんと肩から尻まで蹴飛ばされて、その場に引っくり返ってしまったのである。続いて数人が、転んだ太助の横を通り過ぎて行く。

その姿は――。

「あれが、火消しか……」

さらに、続いたのが纏を担いだいなせな男の姿である。

人の数倍もあると思える纏を肩に担いで、大きな声を出しながら駆け抜けていく。

その男ぶりを見て、

「負けた……」

どんな勝負をしたのかわからぬが太助はつい呟いた。

もそもそと体を起こして立ち上がると、また数人の火消しが風のごとく通り過ぎていく。さきほど通り抜けていった纏持ちとはまた違った法被を着ている。

「ち組だな」

町火消し十番組だがそこまでの知識は太助にはない。だが、真っ黒な法被を着たその後ろ姿に、太助は感動している。担いだ纏がまったく動かずに、まるで男の体の一部に見えたのだ。

「仕事が見つかったぜ」

呟いた太助の顔は、秋の空のように爽やかであった。

火消しになると決めた太助は、纏の後を追った。次から次へと湧いてくるような火消したちと一緒に、太助はかけ続ける。

やがて、花川戸の大川端に出た。

「これはすげぇや」

思わず声を上げた太助が見たのは、目の前で天を焦がすほどに舞い上がっている炎だった。その場所だけがまるで浮き上がっているように見え、空には暗雲が立ち込めているようだ。

周辺には野次馬たちが群がり、騒然としているというよりは、整然と火に体を向けながら、火事を見つめている。慣れているのか、それほど恐怖の目をした者はいない。

「これが江戸の火事か」

思わず、太助は呟いた。

やがて、猿のように一人の男が、火のなかをかいくぐり屋根の一角で仁王立ちになった。

「あれが纏持ち……」

目を凝らしながら、太助は呟く。

やがて屋根の上の纏持ちは、ぐるぐると纏を回し始める。

纏は、天を突き火を避けて華麗に舞っている。そんな姿に太助の心はすっかり奪われている。どうしたらそんなにきれいに纏を回すことができるのか。

「俺もあそこに登るぞ……」

周りの野次馬にまで聞こえるくらいの声だった。薄ら笑いを受けながらも、太助は熱を顔に帯びてうれしそうだ。

これまでなにをやっても長続きしなかった自分に、やっと命をかけるだけの仕事が見つかったのだ。

こんなうれしいことはない。

じっと火とそのそばにいる纏持ちの動きを見つめている間に鎮火した。野次馬たちは姿を消していた。

火事の間、太助はじっと纏ばかりを見ていたらしい。火消したちの働きは目の隅で見ていた。それは、まるで小さな絵を見ているようだった。

だからというわけではないだろうが、火消したちのひとりひとりがどんな動きをしていたのか、あまり覚えていない。

纏持ちの凜々しい姿だけが目に焼きついている。

「俺は、絶対に纏持ちになる」

誰にともなく囁いた。

聞いている者はいない。それでも太助は幸せであった。

そして、太助は持ち前のずぅずぅしさを以て、何度も足げく通い、火消しの隅に名前をつらねるようになっていたのであった。

まだ纏持ちには、なれるわけがない。

それでも太助は、絶対に屋根で纏を振り回せる身分になるのだ、と精進をしているのだった。


つい十日ほど前、不忍池近くにある出会い茶屋が焼けた。

それほど大きな火事ではなかったが、太助も出張って火消しに精をだした。

そろそろ沈下し始めた頃、となりに若い娘がいることに気づいた。色白のせいだろうか紅の赤みが映えていた。帯の間から懐剣が見えている。武家奉公をしている娘のようだった。

武家など自分には関わりはない。そう思って離れようとしたとき、娘の目が赤く腫れていることに気がついた。

女心など考えたことはない。だが、いまとなりにいる娘に声をかけないと、後で必ず後悔するような気がした。

「娘さん、どうしたんだい」

思わず声をかけていた。

娘は、じっと太助を見ている。その瞳は捨てられた猫のようだった。おどおどしているだけではない。恐怖と憤りが混じっているように見えた。

「話してみる気はねぇかい」

「はい……」

娘は、太助の目をじっと見つめた。目の前の男を信用できるかどうか図っているようだった。

「聞いてくれますか」

「もちろんだ」

なにがもちろんなのか自分でもおかしな返答だと思い、思わず頬を緩めた。娘もそれに応えたように、目を細めた。

三

「殺されるのです」

「誰が」

「私です」

「なんだって？」

冗談ではないことはその顔を見るとわかる。

「話がよくわからねぇが。おめぇさんが誰かに殺されそうだってことかい」

「大事なものを手違いで壊してしまったのです」

「おめぇさんの名前は？」

「仲(なか)といいます」

父親の名は大村屋(おおむらや)卯吉郎(うきちろう)といい両国(りょうごく)の呉服屋である。お仲はいま、日暮里(にっぽり)にある、笹原治部(ささはらじぶ)という旗本の屋敷に奉公に上がっているという。

「その奉公先でのことかい」

「はい……」

お仲が笹原治部の屋敷に務めるようになってから、今月で三ヶ月になるという。ようやく屋敷の仕事にも慣れてきた頃だった。

てきぱきと仕事をするお仲は、腰元仲間からも信頼されるようになっていた。仲間はずれになるような者もいて、ひと月と保たずに辞めていく者がいるほど、屋敷の勤めは辛いらしい。

そんななかで信頼されたお仲は秀でていた。

そこで、家宝の花活けを預けられることになったのが、七日前のことだった。先祖が関ヶ原の活躍を評価されて、花活けを将軍から賜ったというものだ。それだけに、慎重に扱わなければいけない。

お仲は、重々気をつけながら虫干しのために、保管場所から外に持ち出した。

そのときだった。

普段からお仲を目の敵にしている腰元がいた。お仲だけが目をかけられていると、嫉妬の思いを持った女だった。松というその腰元が、廊下を歩いているお仲の背中にぶつかった。

「あ！」

その拍子に、持っていた花活けを廊下に落としてしまったのである。

「なにやってるんです」

松は通り過ぎながら、いじわるな言葉を吐いた。

「あなたが」

「なんです？」

「……いえ、なんでもありません」

廊下に落ちた花活けは、元の姿をとどめていなかった。

「私は知りませんよ」

お松は、いじわるな目つきでお仲を見つめる。お仲の顔は青ざめている。そんな様を見て、お松はふんと鼻を鳴らして、

「すぐ、三田村（みたむら）さまにご報告を」

「しかし」

「お仲どの。このままにしておくつもりですか」

「そうはいいませんが」

三田村というのは、笹原家の用人（ようにん）である。

お仲が割れた花活けを前にして、立ちすくんでいると、

「私が伝えてきます」

お松はその場から離れた。

すぐ三田村がやって来た。三田村は、四十絡みの男で独身である。渋茶の羽織を翻しながら、

「これは……お仲、どういうことだ。説明しなさい」

「はい……」

思わずお松に目線を送ったが、自分はまったく関わりはないというように、ぷいと横を向いた。

「お仲。どういうことだ」

三田村が、お仲の肩を摑んだ。

「申し訳ありません」

言い訳がとおるとは思わなかった。ましてやお松が後ろから押したなどと自分の落ち度の話をするとは思えない。お仲は、悔し涙を流しながら、廊下にへたり込んでいた。

じっと聞いていた太助の顔が歪んでいる。

「それで死ぬとは、どういうことだい」

「はい。三田村さまは、大事な家宝を壊したのだから死んでおわびをしろと」

「待て待て。ただの花活けだろう。そんなものを壊したからといって、死罪にすると
はどういう料簡なんだ」

「お武家とはそういうものかもしれません」

「冗談じゃねぇやい。連れて行け」

「はい？」

「俺が、その料簡違いを諭してやる」

「そんなことはいけません。できるわけがありません」

「やってみねぇとわからねぇ。そうしねぇとお前さん、命を取られてしまうんだろ
う？　そんな理不尽な話を聞いて、火消しの纏持ちが黙って見逃すわけにはいかね
ぇ」

「え？　火消しのかたなのですか？」

不思議そうにお仲は、太助の格好を見つめる。

「あ……それでここにいたのですか」

法被は着ているが、まだなじんでいないのだろう。お仲は、その法被にも気がつか

ないほど、意気消沈していたらしい。

太助は照れたように胸を掻いた。その仕種にはどこか子どもっぽさが見えて、

「あのぉ、お名前を教えてください」

「あぁ、太助ってんだ。これから纏持ちになる予定だから、よろしくな。それに
……」

太助は、じっとお仲を穴のあくほど見つめて、

「あんたは、そのうち俺の女房になる」

「はい？」

「へへへ。あと半年の間にはそうなるにちげぇねぇ。いま気がついた。俺は、あんたが好きだ」

「ちょ、ちょっとお待ちください」

「あぁ、気にしねぇでくれ。これは俺の癖でな。こうやって自分の気持ちを高めているだけだ。本当に女房になってくれなくたっていいんだ。自分で無理な話をいうと、勇気がわいてくるんだ」

どう答えたらいいのか、お仲は目を丸くしているしかなかった。

自分が交渉に行ってやるという太助の言葉に、ありがたみを感じながらも、お仲は

三田村という用人は、黙って話を聞いてくれるような人ではない、と諭す。それでも太助は、心配するな、俺は将来の纏持ちなんだ、勇気があるんだといってきかない。

「でも、そんなことをして太助さんまで斬られることになってしまったらどうするんです」

「それならそれで、俺は本望(ほんもう)だぜ」

「そんな」

「心配いらねぇ。人はなぁ、不安があるとなにもできねぇんだ。うまくいくと思っていたら、そのとおりになるんだぜ」

　そんな話を鵜呑(うの)みにするほどお仲も初(うぶ)ではない。だが、目の前で自信満々の太助の姿を見ていると、思ったとおりになるのではないか、と思わせられた。

「私は女房にはなりませんよ」

「あぁ、そういってるのもいまのうちだがな」

「まぁ。でも、賭けてみます。太助さんのそのどこから生まれるのかわからない妙な自信に……」

「いい選択だぜ」

　じゃ、行こうかと太助はお仲を促した。

こうなったら、太助と一緒に三田村に会うしかない。

それで斬られたら、それまでのこと。

お仲は、太助の妙な自信が乗り移ったようだった。


そこまで太助は喋って、はぁ、とため息をついてひと息入れた。

弥市は、にやにやしながら、

「おめぇさんがいまここでその話をしているということは」

「へへへ。まぁ、その三田村さまなる人に、談判したんですがね。これがなかなかの堅物。ふたりともそこに直れ、といわれまして、これで俺は自分の首ともおさらばかと覚悟を決めたときに、お姫さまが来たんです。舞姫さまといいまして、まぁお仲と顔はどっこいどっこい」

「なんてぇ言い方だい」

「そのお姫さまが三田村さんを止めてくれたんです」

「そのお姫さんに、足を向けられねぇな」

「まったくでさぁ」

うれしそうに答える太助に、弥市は苦笑する。

「それで、そのお仲さんと恋仲になったんだな？」

「へへへ、まぁ、そのちょいとまだ問題は残っていますがね」

「花活けの問題かい」

「いえ、違います」

「なんだって？　まだ、ほかにも問題があったのかい」

「いえ、そうじゃねぇんですが」

「あぁ、じれってぇなぁ。どんな揉め事が残っているんだい。話によっちゃあ俺が出張ってもいいんだぜ」

「へへ。こればっかりは親分さんでも」

太助は、胸のあたりを掻きながら、

「なかなかお仲がうんといってくれねぇ……」

「……それは振られたんじゃねぇかい」

「いえ、そこまではきつくいわねぇ。まだ女房になる気はねぇとまぁ、そこが問題でして」

「ち。くだらねぇ。いい加減にしやがれ」

四

太助からお仲の話を聞いた翌日のことだった。

例によって、弥市は上野山下にある片岡屋の離れを訪ねていた。

離れから見える庭の木々はすっかり秋めいている。庭に植えられている柿の木には、小さな実も数個ぶら下がっていた。それをどこから飛んでくるのか、一羽の烏（からす）が、狙っているように見えた。

「あんな奴が柿の実に目をつけているようですぜ」

「烏も生きねばならぬからな」

「まぁ、そうでしょうがねぇ。そんな話ではありません」

「おや、ではなんだな？」

「いえ、いいです」

「親分の話はときどきわからぬぞ」

「さいですかい」

千太郎のほうがよほど意味の通じぬ話をすると、弥市は心のうちで呟きながら、

「近頃は、江戸も静かでありがてぇ」

「殺しや強盗騒ぎでも起きたほうがいいような言い方ではないか」

「もちろん、静かに越したことはありません。町家に住む連中はほとんどが、殺しなんざとは関わりのねぇ暮らしをしていますからねぇ」

「なるほど」

「千太郎の旦那は、秋が好きでしょう」

「はい？　どうしてそう思うのだ」

「なんとなくねぇ。そう思っただけです。まぁ、秋は物悲しいですけどねぇ」

秋空は天高く、いわし雲が流れている。

そんな空を見ながら、弥市が珍しく風流な話を振ったのだが、千太郎はあまり興味がなさそうだ。いつもとは逆の雰囲気に、由布姫がにこにこしながら千太郎を見つめている。

そんなふたりの姿に、弥市はかすかに首を傾げた。

「おやぁ？　雪(ゆき)さん。今日はいつもと雰囲気が違いますが、なにかうれしいことでもありましたかねぇ」

雪こと由布姫は、にんまりしながら、お志津と久々に芝居見物に行くことができそうだ、と微笑(ほほえ)んでいる。お志津というのは、由布姫のお付きの腰元だった娘である。近頃はあまりにも由布姫が千太郎のところに出かけるので、その留守をうまくごまかすために、屋敷に残って腕をふるっているのだった。

たまには、休みをもらえる。といってももちろんその指示を出すのは由布姫なのだから、いわばお約束事だ。それでも由布姫やお志津には、楽しい時間を過ごせる。その日が近づいていると由布姫は、にこにこしていたのである。

「あぁ、お志津さんですかい。最近見ねぇけどお店(たな)が忙しいんでしょうねぇ」

弥市は雪とお志津の正体を知らない。江戸のどこかにあるお店の娘たちなのだろう、と推量しているだけだ。

「久々ですから、楽しみなんですよ」

由布姫の顔はこれ以上ほころぶことがないのではないか、と思うほどである。

そんな表情を見ながら、弥市がいった。

「そんな顔を見ていると、思わずもらい笑いをしそうですぜ」

「まぁ、もらい泣きなら知ってますが」

おほほと、由布姫はまた微笑んだのだが、

「ですが、少し気になることもあるのです」

「おや、それはまた」

どんなことかと弥市が目で問うと、

「治右衛門さんから教えてもらったのですが、近頃、店の周りをうろついている怪しい男たちがいるというんです」

「怪しい男ですか。浪人とか遊び人の類なら、あっしがやっつけておきますがねぇ」

「それが、よくわからないと治右衛門さんはいうのです」

治右衛門とは、この片岡屋の主人である。

鉤鼻で強面の男だ。どこから見ても書画骨董などを売っている店の主人には見えない。見ようによっては、どこぞのやくざか兇賊の親分のようにも見える。そのせいか、若い頃はよく喧嘩をしていたらしい。

自分では人を見る目があるのだ、と千太郎を居候に置いて書画骨董、刀剣などの目利きとして働いてもらっている。

その治右衛門が気にするのだから、その怪しさは本物だろう。

その話を聞いた千太郎だが、

「江戸は怪しい連中の吹き溜まりだ」

などといって、一向に気にする様子はない。

「でも、治右衛門さんがいうには、私たちを狙っているのではないか、と」

「取り越し苦労であろう」

「それならいいのですが」

まったく気にしないという千太郎の態度で、由布姫も胸を撫で下ろすのだが、

「千太郎さん。そんなに悠長にしていていいんですかい？」

弥市は心配顔である。

「おや？　親分は私が狙われているとでも考えているのかな」

「千太郎さんが狙われているのならそれほど気にしませんが、雪さんが狙われているとしたら、これは心配になりますぜ」

「まさか」

「江戸は怪しい野郎の吹き溜まりといいました」

「まぁ、そうだが。これは一本取られたな。せいぜい注意しておくさ」

「そのほうがいいです」

弥市が安堵の表情を見せたとき、慌ただしい足音が通りから聞こえてきた。生け垣からこちらを覗いた男が、弥市を見つけて立ち止まり、伸び上がりながら手を振っている。

「おやぁ？　太助じゃねぇかい」

弥市は、枝折り戸まで進んで、

「太助、どうしたんだ、そんな血相を変えて」

「た、た、大変だ。お仲が……」

「なんだって、それは大変だ」

「親分、まだなにもいってねぇ」

「お仲さんが斬られたんじゃねぇのかい」

「早っとちりだなぁ親分も。そうじゃありませんや」

「じゃぁ、なんだい」

「花活けを見せろという人が出て来たんですよ」

「誰がそんなことを？」

太助が、生け垣のそばで突っ立ったまま早口で喋り始めた。

それによると、笹原治部の同輩で柿田清太夫という旗本がいる。その柿田が家宝の花活けを見せてくれないか、と申し込んできたというのである。柿田家と笹原家は仲がいいというわけではないが、どちらも番方で勤めが同じだった。

その関係でよく顔を合わせているらしい。

「どうして、その柿田家が花活けを見たいといってきたんだい」

弥市が不思議そうに訊いた。あまりにも潮合い（しおあ）のいい時期だからだ。すでに花活けはないのを知っていて、何か仕掛けようとしているのではないか、と疑ったのである。

「まぁ、その疑いはもっともです。どこかで割れたという話を聞いたか、それとも笹原家の誰かがばらしたにちげぇありませんや」

「その裏はあるのかい」

「へぇ」

頭を下げてから、太助は庭越しに千太郎を見た。

弥市はあぁと頷きながら、太助を庭のなかに招き入れた。ややこしい話なら、千太郎に聞いてもらったほうがいいだろう。解決策を見つけてくれるかもしれない、と計算する。

若殿にしてはだらしなく縁側で横になっている千太郎を見て、太助はどう対応したらいいのか、戸惑っている様子が見えた。弥市は、そんなに固くならなくてもいい、と庭先にしゃがむように勧め、弥市自身は沓脱ぎ（くつぬ）に腰を下ろし話を進めるように伝えた。

弥市は、いままで太助が語った内容を手短に千太郎に告げた。

「ほう」

ひと言答えただけで、千太郎は起き上がろうとしない。

それでも、弥市は太助を促した。太助が続ける。

「柿田家の長男、小一郎（こいちろう）さまと、笹原家の舞姫さまとの縁談が持ち上がっているのです」

「めでたい話じゃぁねぇかい」

千太郎に話しかけているのに、弥市が答えた。

「そうなんですがね。この小一郎さまというのがあまりいい評判のないお人でして」

「舞姫さんとしては、断ろうとしているのかい」

「まぁ、表立ってそこまではいってませんが、内心では嫌っているんじゃありませんかねぇ。でも、番方支配のなんとかというおかたからの推薦だということで、なかなか拒否するわけにもいかねぇ、という話です」

「面倒なことだな」

弥市が口を尖らせると、そのとおりでと太助は答えてから、千太郎がじろりと目を動かしたのを見て、

「あ、いいえ、お武家さん全員が面倒なおかただとは思っていませんです、はい」

冷や汗を流しそうな態度である。

それを見た千太郎は、ようやく体を起こして、

「気にするな。それより話を進めろ」

弥市は、その言葉を聞いてにやりとした。千太郎が興味を持ったように見えたからだ。

太助は続ける。

「舞姫さまは、相手が誰だろうとそれほど気にはしていないようですが、治部さまが心配なさっているのです」

「その気持ちに、柿田家が気がついたということか」

「そんなところでしょうねぇ。どこで聞いたのか知りませんが、例の花活けを見たいと申し込んだ。それがないとなったら、これは問題になります。なにしろ関ヶ原の勲章ですから」

「その秘密を黙っているから、姫との祝言を反故(ほご)にするなとでもいいたいんだろうなぁ」

「まぁ、そんなところでしょう」

太助は、千太郎に目を向けるが弥市がそれを遮るように、

「だからといって、俺にそんな相談を持ちかけられても埒は明かねぇ」

「ですから、こちらに伺ったんでさぁ」

「こちらとは、千太郎さんのことかい」

「へぇ、こちら片岡屋さんは古いものを売っていなさる」

「ははぁ……花活けの代わりがねぇかと思ったんだな」

「さすが親分、気がつくのが早ぇ」

「おだてるな」

照れ隠しに、弥市は口を尖らせながら、

「どうでしょう、旦那。花活けなんざありますかねぇ」

縁側で立て膝の格好をしていた千太郎は、ふむと頷きながら小さく微笑んだ。

「人が困っているのを知って見て見ぬふりはできん」

「あるんですね、花活けが」

念を押す弥市に、千太郎は嬉しそうに、

「花活けや　かわず飛び込む　水の音」

「……なんです、それは」

呆れた目つきで弥市は、あはははと大笑いする由布姫を見た。

と、そのとき。

「あ！」

由布姫の顔が固まった。

なにか妖怪でも見たような目つきである。

「雪さん、どうした」

千太郎が、由布姫の異変に気がついた。

「あ、あの……いま、なにやら黒いものがそこを……」

「黒いもの？」

「人だと思いますが。まるで猿のような動きで……」

「猿のような動き？」

はい、と由布姫の目はまだ恐怖におののいている。

由布姫とて小太刀の名人である。それなりの心得があるから少々のことでは恐怖など覚える娘ではない。それなのに身を固くしているのだ。千太郎が気にするのは当然のことだった。

「なにを見たのだ」

「わかりません、黒いものです」

「人ではないのか」

「人だとは思いますが……猿のような動きをしていました」

「ううむ」

治右衛門が見たという者と同じ相手なのだろうか。

だが、さすが由布姫である。いつまでもおののいているわけではなかった。すぐ元のきりりとした目つきに戻ると、

「私の気のせいかもしれませんね」

そういって周囲を見回した。みんなを安心させようとする動きだった。

五

太助が弥市を探して片岡屋に来たのは、花活けの偽物(にせ)を探してくれないか、という頼みがあったからだった。弥市がこの店に入り浸っているのは、世間では知らない者はいない、と太助にいわれて、

「見廻りもきちんとしてるんだぞ」

遊んでいると思われたら心外だという顔つきをする。

それでも、太助の願いを聞いてくれないか、と弥市は千太郎に頼み込んだ。

「花活けといってもどんなものかわからぬからなぁ」

首を傾げながらも、千太郎は蔵を探して、持ってきたのは口が細く銅が丸く膨らみ、なかなか見た目が美しい。

「これは、唐物を模したものだ」

「高そうですねぇ」

「ふふ。二束三文の偽物だから気にすることはない」

「これが偽物なんですかい？」

弥市と太助はその美しい形の花活けに驚いている。もっとも高級品を見ても区別がつくようなふたりではない。薄い藍色をした花活けは、縁側に秋の光を帯びて、怪しく光を反射している。

「これなら偽物とは気がつくめぇ」

太助が喜んでいる。

「それでも売り物は売り物だ。気をつけて扱えよ」

千太郎が念を押すと、太助はへぇへぇと何度も頭を下げながら、

「ありがとうごぜぇます。これで笹原家も救われます」

と、弥市が太助の尻を叩く仕種をしながら、

「嘘をつけ。おめぇがこんなに熱心なのは、お仲という娘のためだろう。笹原家なんざおめぇとはまったく関わりがねぇじゃねぇかい」

「へへ、まぁ、そういうことはいえますがね」

悪びれずに、太助は花活けを押しいただきながら、

「しばらく、お借りしておきます」

「まぁ、偽物でも役に立つのだ。この花活けも本望であろう」

千太郎のそんな言葉に、

「そうですかねぇ」

弥市は、まるで気のない返事をするだけだった。

太助が枝折り戸を潜って行ったすぐ後に、治右衛門が珍しく離れに顔を出した。さっき、千太郎が売り物を仕舞ってある蔵のなかに入っていく姿が見えた、というのだった。

「なにを持ち出したのかと思ったら、花活けですね」

「さすがなんでも知っているものだなぁ」

本気で千太郎は感心している。

「偽物ではありますが、あれは売り物です。さきほど火消しらしい男が持っていたようですが、きちんとお代はいただいておりますでしょうねぇ」

「貸した」

「はい？」

「すぐ戻って来る。数日の間だ」

「それはどういうことでしょう」

治右衛門の鉤鼻が蠢くと地震が起きる、と使用人たちが陰で噂するほどの男である。

「なに、ちとな。まぁ、元はなんとかして取るから心配はいらぬぞ」

千太郎は、治右衛門の言葉も意に介さない。

「これは異なことを」

じっと千太郎を見つめていた治右衛門だったが、ふっと目線を外すと、

「まぁ、いいでしょう。戻って来なければその売値をいただきます」

ひとことといって、立ち去っていった。

後ろ姿を見ながら、千太郎と由布姫は苦笑するしかない。弥市はどうなることかと冷や冷やしていたが、

「まずは、ひと安心です」

　だが由布姫の言葉が、弥市をぎゃふんといわせた。

「親分、この話を持って来たのは親分さんですからね。もし戻って来ないときには、親分さんにお支払いいただくことになりますよ」

「ぎょぎょ！　そんな！」

　のけぞった弥市を見て、千太郎と由布姫は腹を抱えている。


　だが――。

　それで、万事なにごともなく終了、というわけにはいかなかったのである。

　取り敢えず千太郎から借りた花活けを、太助はお仲に渡し、それが用人三田村重吉に渡った。三田村は偽物を使うという策にはあまり乗り気ではなかったのだが、主人の笹原治部が、

「それでよい」

　鶴のひと声であった。

　問題は、柿田家からの申し出がまた変わって、最初は笹原家に来て花活けを見るという話だったのが、

「舞姫ともども、当家に来ていただきたい」

という文が届いていたのである。

どうしていきなり変更になったのか。三田村やお仲は首を傾げたが、

「家の格式は向こうが上だ。無理も聞かずばなるまい」

当主は嘆きながらも、出向くことに決めたのである。

そして、その日が来た。

約束の刻限は酉（とり）の刻。かすかに西の空は赤く焼け始めているなかを向かうのは、当主の笹原治部と舞姫。そしてお付きとしてお仲。

頼まれてもいないのに、後ろから太助が尾行する。

笹原家は、日暮里。

柿田家は三味線堀（しゃみせんぼり）である。

南下する一行は佐竹右京大夫（さたけうきょうだゆう）の大きな練塀（ねりべい）横を歩いている。三味線堀がすぐそこに見える場所まで来た。

「なんだいあれは……」

一行をつけている太助が、足を止めて目を凝らした。

「誰かがつけてるぞ」

自分以外に一行を尾行するのは誰かと太助はしゃがみながら、角（かど）に身を隠した。

自分より先にふらふらと歩く浪人がいるのだ。そのとなりには遊び人ふうの小柄な男が一緒だった。

その脚さばきは、どう見ても普通ではない。

ときどき、笹原一行をじっと見てはふたりでひそひそと語り合っている。

「なにか狙っているようだぞ」

ひとりごちながら、太助はどうしようかと考える。

ここで出しゃばって邪魔をするのは得策ではないだろう。かえって奴らを刺激するだけではないか、と考えた。

ではどうする——。

やはり、じっと見ているしかないと結論づけた。

人を見る目に自信はあるが、本当に三人を尾行しているとは限らないだろう。その証拠を見つけたわけではない。声などかけて、まったく関係がない連中であったら、おかしなことになる。

まして、ひとりは腰に刀を差している浪人だ。よけいなことをして斬られてしまったのでは、犬死にである。

ふと先を見る。

三人は、三味線堀の前を歩いている。周囲は武家屋敷が並んでいる。

そのせいで歩く人の姿は、ぽちぽちとしか見られない。

夕方というにはまだ少し早いが、陽の光が斜めに武家の板塀を照らしている。

なんとなく不穏な雰囲気が漂っているように感じられた。

太助は、喧嘩はそれほど自信があるほうではない。だが、いざとなったら度胸はあると自分でも思っている。

「危険なことが起きたら、俺がなんとかしなければ」

三人は、尾行されていることに気がついていないのだろう、ゆっくりとした足は変わらない。

柿田家がどこなのか、太助は知らないが、すぐそばまで来ているに違いない。

だが――。

太助が、浪人と遊び人のふたり組からふと目を離した瞬間だった。

「しまった」

ふたりがいきなり走りだした。

その先には笹原家の三人がいるのは確かだった。目的がそこにあるのも確かだった。

襲おうとしているのもわかった。浪人が刀を抜いていたからである。

「これは危ねぇ」

やはり声をかけておけばよかったと後悔したが、後の祭りである。

浪人の足のほうが遊び人よりも一足早く三人に追いついた。

笹原治部が驚き、目を見開いているようだ。

舞姫は気丈に、浪人を見据えているように見える。お仲は抱えている風呂敷を後ろに隠していた。

だが、浪人の動きは素早く、まずは治部を上段から斬りつけた。

「やぁ!」

斬りつけるときの声が太助にも聞こえた。

足が一瞬止まってしまったが、ここで逡巡しているわけにはいかない。太助は、走りだした。

「待てぇ!」

大きな声を上げると、浪人が斬りつけるのをやめるのではないか、と思ったのだ。

だが、そんな気持ちは次の遊び人の行動で吹っ飛んだ。

「あの野郎」

浪人が、治部を斬りつけ、驚き怯(ひる)んでいるお仲に遊び人が飛びついたのだ。

「やめて！」

お仲の叫び声が響いた。

浪人と遊び人が三人を襲った理由は、これではっきりした。お仲が抱えている風呂敷を盗もうとしたのである。

「待てぇ！」

太助は一目散に、お仲のそばまで駆けつけた。

「太助さん」

「お仲」

ふたりが名を呼び合っている姿を、遊び人は、鼻で笑いながら、

「やかましい。先生、頼みます」

先生と呼ばれた浪人が、治部から太助とお仲に体を向けた。

「死ねぇ！」

いきなり斬りつけられ、太助はお仲の体を刃から逃すために、突き飛ばした。

お仲は板塀のそばまで吹っ飛んで、倒れた。

「へん、いただくぜ」

ぜえぜぇいっているお仲から、遊び人が風呂敷を引っ張った。

離そうとしないお仲の腹を蹴飛ばし、

「邪魔だ！　馬鹿野郎！」

蹴られた腹の痛さに、とうとうお仲は風呂敷を離してしまった。

「返してください」

立ち上がって、遊び人にすがりつこうとしたお仲は、また腹を蹴られてその場にしゃがみ込む。

治部は斬られたのか、腕から血が流れている。

舞姫は懐剣を抜いているが、浪人に打ちかかる機会を逸してしまったらしい。呆然とその場に立ちすくんでいるだけだ。

「お仲……」

痛そうに腹を抱えているお仲の体を抱えながら、太助は振り向いた。

遊び人が、こちらを向いてにやにやしている。

「くそ！　くらえ」

太助は、そばに落ちていた小石を拾って投げつけた。

「いてぇ」

投げた小石は、見事に遊び人の右頬に当たった。男の頬から小さな血が一筋流れ落ちるのが、はっきり見えた。

「あの顔は忘れねぇ」

太助は呟いていた。

お仲は、泣きだしている。そばに治部が寄って来て、

「大丈夫か」

声をかけたが、涙声で、

「申し訳ありません。盗まれました」

「……仕方あるまい。お前の落ち度ではない」

「しかし」

「気にするな。これにはなにか裏がありそうだ」

「裏ですか」

「あぁ、どうして私たちが花活けを持って歩いていることがばれていたのだ。この道は柿田家に向かう一本道ではないか」

太助はその言葉にうなずき、

「あぁ、これは柿田家の嫌がらせですぜ」

太助の呟きを聞いて、治部は首を傾げる。

「お前は？」

「あっしですかい。このお仲の亭主です」

驚いた目でお仲は太助を見たが、否定はしなかった。

「お仲に亭主がいたのか、それは知らなかった」

「いえ、まぁ、その予定の男と思ってくだされればそれでけっこうです」

「許嫁か」

「まぁ、そんなようなものです、へぇ」

「ならば、そちからもお仲にいえ。気にするなとな」

「へぇ」

「……お前のその度胸のありそうな顔つきを見て、頼みがある」

「へぇ、なんなりと」

「花活けを見つけろ」

「それはもちろん」

「無事に見つけたら、ふたりの祝言は、私が仲人でもしてあげることにしよう」

「そんなまさか」

「その代わり、見つけるのだ、よいな」

「へぇ、間違いなく」

よしといって、笹原治部は血の流れる腕を見つめていた。

舞姫は、眉をひそめながら唇を嚙み締めている。

第二章　謎の黒装束

一

花活けがどうしてそんなに大事なのか。

お仲は、まるで自分の落ち度のように沈んでいる。

なにか自分が悪いことをしたのだろうか。

太助がとなりでなんとかお仲の気持ちを安らげようとしているのだが、なかなかうまくいかない。

「お仲さん。あんなときに、あんなことをいって悪かった」

「……いいのです」

自分の許嫁だとどさくさまぎれに叫んだ話を謝っているのだろう。

それはたいして問題ではない。むしろうれしかったくらいだ。

お仲の気持ちを沈ませているのは、太助とは関係のない話だ。自分が笹原家に入ってから、揉め事が続いているような気がしてしようがないのである。

襲われて花活けを取られた翌日、いま、太助とお仲は片岡屋の離れにいた。

千太郎が呼んだのだった。

庭の柿の木には、烏がとまっている。前にも来た烏と同じかどうかはその姿から推測することはできない。烏は皆同じに見える。

「旦那……」

やはり呼ばれて千太郎の前に座っている弥市が重苦しい雰囲気のなかで声を出した。

「笹原家の当主は、柿田の者の手がやったと思っているようです」

「なるほど」

「確かに、いわれてみると昨日襲われた場所を知っているのは、柿田家の者です」

「それに、花活けを持っていると知っていた」

「へぇ」

頷きながら弥市は、太助とお仲を見る。

太助は、腕に怪我を負っていた。お仲を助けようとしたとき、浪人者に知らない間に斬られていたらしい。お仲はまだ蹴られた腹の周囲が苦しいのだろう、ときどき、お腹を押さえている。

庭の烏がばたばたと羽音を立てて飛んでいった。

音に驚いてお仲が庭を見る。襲われたときの恐怖の感覚が消えていないらしい。

「旦那……なんとか花活けを取り戻さねぇと」

「柿田の家にはどう伝えたのだ」

千太郎の疑問に、太助が答える。

「へぇ、そのまま伝えました」

「盗まれたと？」

「へぇ。襲われて盗まれてしまったと笹原さまが頭を下げたということです」

お仲が頷いている。その顔は悔しそうだ。

「それは悔しかっただろう」

「まぁ、どんな会話になったのかは、だいたい想像はつきますがねぇ」

拳を握りしめながら太助は、答えた。

それを受けて、弥市が続いた。

「旦那、このままじゃこっちもどうにも収まりがつかねぇ」

「調べるか」

千太郎の目が弥市に向けられる。

弥市は、待ってましたとでもいいたそうに顔をほころばせて、

「そうこなくっちゃ」

太助とお仲もパッと明るい顔に変化する。

「だが、どこから調べるか……」

思案する千太郎に弥市が十手を懐から取り出して、

「まずは、柿田の家に行ってみましょう」

「ふむ。裏で襲った者たちを操っていたのか、どうか問うてみるか」

「まぁ、そう単刀直入にはいきませんでしょうが」

「怪しいのは確かである」

千太郎は、そういいながら立ち上がり、刀掛けから二刀を取った。帯に差し込みながら、

「雪さんは、お志津との逢引きだな」

逢引きといわれて、由布姫は唇に手を当てる。

「なにやらいけないことでもしそうないいぶりですね」

「いや、そんなことはない。たっぷり楽しんでくればよい」

芝居見物といっても、二丁町で催されるような大芝居ではない。浅草奥山の掛け小屋芝居だ。そのほうが庶民的で好きなのだ。大首が飛んだり、とんぼを切ったりとけれんが楽しいとふたりはいうのだった。

「けれんなら、私がいつも見せているのになぁ」

冗談とも本気ともいえない顔つきで、千太郎は笑う。

「そのけれんのお力が探索に活かされますように」

由布姫は、ていねいにおじぎをした。その仕種にもお志津との久々の逢瀬が楽しみだと書かれていた。

上野山下から、柿田家のある三味線堀までは、一刻もあれば十分だった。

訪ねたのは、千太郎と弥市のふたりだけである。太助はち組に戻り、お仲は笹原の家に戻った。舞姫の相手でもしていると気も紛れるだろう。

「私がなんとか解決するからまずは、気を休めろ」

その千太郎の言葉に従ったのだった。

「よろしくお願いいたします」

頭を下げるお仲に、千太郎は胸を叩いた。

太助は弥市から千太郎の鬼面人も驚かすような活躍話を聞いている。そのせいか、すっかり安心しきって、お仲と一緒に片岡屋から戻っていったのであった。

柿田家に訪いを乞うと、当主、柿田清太夫はちょうど城勤めから戻って来たところだった。

客間に通された千太郎は、部屋の様子を窺う。

天井を見たり、欄間を見たり、ときどき障子の桟に触れたりしている。

「旦那……なにをしているので?」

弥市が不思議そうな顔をする。

「あまり掃除は行き届いておらぬ」

「ははぁ。この家の内情をそんなところから探っているんですね」

「そんなところだ」

「で、なにかわかりましたかい」

「聞くところによると、柿田の家は、笹原よりも格上という話であったな」

「へぇ。笹原家は、八百石。柿田家は九百二十石ですが」

ふむ、と腕を組んで千太郎は頷いた。

当主、柿田清太夫が部屋に入って来た。いやにせかせかした男で、鼻の頭に汗をかいている。じろりと千太郎と弥市を睨みつけ、どんとふたりの前に座った。

「どんな話であろうか」

その問いに、千太郎が片岡屋の目利きだと答えてから、

「目利きといっても、ときどきは悪の目利きをおこなう場合もある、と覚えておいてもらいたい」

その横柄(おうへい)な態度に、清太夫はむっとした表情を見せる。

じろじろと千太郎の姿を上から下まで眺めて、

「ただの目利きというのか」

「そのとおり」

「どうも、それだけの者とは思えぬのだが」

「はて、それはどのような」

「ただの浪人であろう。着ているものはなかなか値が張りそうだが、それも、虚仮威(こけおど)しにしか見えぬ」

「ははぁ。ばれましたか」

かすかに頭を下げて千太郎は答えた。その目は、笑っている。

「では、ちと伺いたい」

千太郎の問いに、清太夫はふんと鼻を鳴らしながら、

「おぬしになんの権限があるのだ」

「いや、答えたくなければ、それでいいのです」

「……ならば、なんの用事で来たのだ」

「あなたさまを見たいと思いましてね」

「私を？」

「人となりを」

「失礼な男だ。帰れ！」

いま座ったばかりなのに、立ち上がってしまった。思わず腰に手を回したのは、刀を探したのだろうか。だとしたらそうとう短気な男である。千太郎は、そんな態度にもまったく怯まず、

「盗みましたかな」

「……なにをだ」

立ったまま清太夫はじろりと千太郎に目を向ける。怒りに肩が上下に動いている。

「笹原さまの花活けです」

「馬鹿なことをいうな」

「お見せするために当家を訪ねる途中襲われ、花活けが盗まれました。それについてはご存知ですね」

「聞いておる。私が命じたとでもいうのか」

「そうなのですか」

「ばかなことをいうな」

帰れ！　と叫んで清太夫はその部屋から出てしまった。

「旦那……あんなに怒らせてしまっては、本当のことを訊くことができませんや」

困ったような目つきで、弥市が話しかける。

「なに、これで柿田清太夫の人となりはわかった」

「ですが。花活けを盗んだのかどうかは、はっきりしません」

「あれには、無理だな」

「柿田清太夫がやったのではないというんですかい」

「少なくても、あの清太夫は関与しておらぬであろうな」

「そうですかねぇ」

弥市は、唇を尖らせながら、そうかなぁ、と何度も呟いていた。

二

千太郎と弥市が柿田清太夫に会っていた頃、由布姫とお志津は、浅草の奥山を歩いていた。掛け小屋芝居を見た後、雑踏を歩いているところである。

「なかなか面白いお芝居でしたねぇ」

見てきたのは、孫悟空（そんごくう）を江戸に持って来たような話だった。

江戸から京を目指そうと思った若い男が、苦難に遭いながら、その都度（つど）出会った者たちに助けられて、ようやく京の都に着くという内容だった。

大川を飛び越え、浅草寺のてっぺんに登り、さらには京の五条大橋（ごじょうおおはし）では、義経（よしつね）よろしく八艘飛び（はっそうと）を見せるという、けれん味たっぷりの芝居であった。

大芝居ではないから、大仕掛けがあるわけではないのだが、回り舞台やら、どんでん返しなどを駆使して、驚きの連続を演出していた。それをふたりは、十分満喫（まんきつ）してきたのである。

「姫さま、これからどうしましょう」

「雪ですよ」

由布姫は、笑いながら注意をする。

「あ、最近、お会いしてなかったので、その呼び名を忘れておりました」

「私もときどき忘れます」

「藪でもたぐりますか。それとも華清にでも行きましょうか」

「華清ねぇ。それもいいかもしれません」

華清とは、由布姫がときどきお忍びで使う料理屋である。場所が柳橋にあるので、奥山からは少し歩かなければいけない。

刻限は、午の下刻。中食の頃合いである。柳橋までなら、女ふたりの足でも一刻はあれば十分だが、浅草奥山から、柳橋まで駕籠を使うことにした。

「たまには贅沢もいいでしょう」

由布姫が、微笑んだ。

二丁の辻駕籠を見つけて、柳橋まで飛んだ。

由布姫は、ときどき垂れを上げて、外を見た。

いつもは歩きながら見る大川の流れが速いように感じる。夏は河岸で水遊びをしていた子どもたちの姿もいまはない。その代わり、周囲の木々の色が鮮やかになり始めていた。

江戸の季節は、美しい。

歩いて見ても、こうやって駕籠のなかから見ても、野趣のある町並みは、落ち着いた京の都とはまた異なる風情を醸し出している。

駕籠に揺られて、由布姫はいつのまにか居眠りをしていたらしい。

「着きました」

という駕籠かきの声で、起こされた。

うたた寝をしていた、とお志津に伝えると、

「揺れる駕籠のなかでよく眠れますねぇ」

と大笑いされた。

お志津の笑い声も久々だと、ふたりははしゃいでいる。

「お志津……お前には苦労をかけます」

自分が屋敷を抜け出している間、お志津がすべてを仕切ってくれている。

「なにをいまさら。本当に迷惑です」

「……まぁ。それはすみません」

「では、これからとびっきりの料理のごちそうをお願いします」

「えぇぇぇ。それはもちろん。お志津さま」

「それなら許してあげます」

ふふふと含み笑いをするお志津の顔も、由布姫の表情も明るい。さっき見てきた芝居の興奮がまだ冷めていないらしい。

柳橋界隈は、浅草とはまた異なった雰囲気に包まれている。

神田川沿いには、柳の木がずらりと並んでいるために、このあたりから上流は、柳原と呼ばれている。夜になると顔を真っ白にしたお化けが出る。夜鷹だ。

しかし、いまはまだ昼過ぎ。そんな怪しげな者たちは姿も形もない。ときどき、粋筋のおねぇさんたちが歩いて行くせいか、脂粉の香りが漂っている。

駕籠を降りると、五重塔もなければ浅草寺のような大きな伽藍もない。それでもこの周辺は、ぽっと光が差したような雰囲気に包まれていた。

「華清も久しぶりですね」

お志津が、周囲をきょろきょろ見ている。

「千太郎さんが嫌がるのですよ」

「まぁ、そうなんですか?」

「どうも私の顔がきく店は嫌なようです」

苦笑する由布姫に、

「男の沽券に関わるとでも思っているのでしょうか」

笑みを浮かべながらも、お志津はまだきょろきょろしている。

「どうしたのです。柳橋がそんなに珍しいわけでもないでしょう」

由布姫が、問うと、

「いえ……」

お志津の顔がかすかに曇った。

「いかがしたのです」

「はい……気のせいかもしれませんが。さっきから誰かに見られているような」

「見られている？」

「はい。視線を感じるのです」

お志津の言葉に、由布姫は眉をひそめながら、

「どうなのでしょう……」

周囲に気を発した。

なにか危険があれば、それが戻って来る。小太刀の免許皆伝の腕が異変を感じるはずだ。かすかに目を閉じて、由布姫は周囲を探った。

数呼吸、橋から神田川沿いに注意を向けていると、

「む……」

なにかが動く気配を感じた。

「なに？」

由布姫は、目を見開いた。

と、そのときだった。橋の陰か、それとも柳の木の陰か、どこに隠れていたのかわからぬが、かすかに危険な臭気を感じた。

そのすぐ間もなく、

「しゅ！」

空気を引き裂く音が聞こえた。

「あぶない！」

思わず、身を落とした。

お志津にはその一瞬の危険を察知するだけの心得はない。

「お志津！　伏せて！」

由布姫の叫びに驚き、すぐ身体を落とした。

ふたりの間を、手裏剣(しゅりけん)のような鋭利な刃物が飛んでいった。

「ひ……雪さん！」

お志津が叫んだ。姫と呼びそうになって慌てて変えている。

「お志津、大丈夫ですか！」

「はい、なんとか」

気がつくと由布姫は柳原の土手に転がっていた。お志津は、橋の袂あたりに体を伏せている。ふたりの間は三間ほどだった。

「お志津！」

立ち上がった由布姫が、お志津のそばまで行こうとする、そのとき、

「けぇ！」

おかしな雄叫(おたけ)びが聞こえた。

――お志津が危ない！

慌てて起き上がった由布姫は、お志津のそばまで駆け寄る。

怪鳥(けちょう)のような声の主は全身真っ黒だった。

「誰です」

小太刀を持っていないことが悔やまれた。

お志津が、胸元から懐剣を取り出し、由布姫に投げた。

黒装束は、目だけしか見えないほど、深い覆面をしている。

その目が邪悪に光っているように感じた。この世の地獄を見ているような目つきだ。

「何者！　人違いをするでない」

「どうかな？」

その返答は、どういう意味か……。

普段、あまり恐怖を感じない由布姫だが、敵の正体がわからぬだけ不安を抱いた。

「人違いではないと申すか」

「ふふふ」

黒装束の目が笑っている。

「その応対は、自分で身分をばらしているようなものだ」

「なんですって？」

由布姫のことを知っているというのか？

それが事実だとしたら、どうなる……。

由布姫がお志津を見ると、ゆっくりとこちらに向かって来るところだった。

「危ない」

そう叫ぼうとしたときだった。

「けぇ！」

またしても怪鳥のような声が響き、黒装束が飛んだ。

由布姫は懐剣を逆手に持って、腰を落とした。

だが、敵は目の前から消えていた。

いや、消えたのではない。

「な、なに！」

敵の体が飛んでいった先には、お志津がいた。

「お志津！　逃げて！」

叫んだが遅かった。敵の直刀がぐさりと音がしそうなほど、お志津の胸に埋まっていたのである。

「お志津！」

唸り声を上げる間もなかっただろう。お志津の体はその場で、ぐにゃりと崩れ落ちた。まるで、人形が足を折り曲げているようだった。

「お志津！」

そばに寄ろうとしたが、敵はまだお志津の体の前にいた。

「やめて！」

敵は、直刀をさらに心の臓に突き立て、ぐりんと刀を一回りさせてから抜いた。血

がどっと噴き出した。敵はその血柱を器用に避けて、

「ふふふ……」

不敵な声で、由布姫を威嚇しながら、なにごとか呟いた。

「お前は、誰です！　誰に頼まれたのです！」

戻って来た答えは、しゅっと血糊を吹き飛ばすために振った血振りの音だけだった。

男は納刀すると、体の正面を由布姫に向けて、数歩ずり下がり、やがて後ろ姿を見せて駈けだした。矢のように速いという比喩そのままの韋駄天ぶりであった。

敵の姿が見えなくなってから、由布姫は足を小石に取られながら、お志津のそばまで駆け寄った。

「お志津」

開いたままの瞼を手で押さえて閉じた。

呼吸音も聞こえない。あれだけの止めを刺されたのだ、一瞬の間に息は止まってしまっただろう。

「お志津……」

泣き声も出ないほど、由布姫は呆然とお志津の亡骸を抱きしめた。

「どうしてこんなことに」

答えはない。

お志津の全身からは力が抜け、魂までも抜けているようだった。さっきまで楽しく会話をしていたのは、幻だったのか。突然のことで、由布姫にもまだこの死が目の前で起きたこととは信じることができずにいる。

「お志津……」

額を撫でた。

頬を撫でた。

唇を撫でた。

唇がなにかいいたそうに動いた。由布姫は、耳元を近づけた。

まだ、かすかにお志津のぬくもりが残っている。

「仇は必ず討ちます」

言葉を絞り出した。

お志津の唇からはひと言も返事はなかった。

三

雨はまだ振り続けている。境内の銀杏の木の葉が雨に揺れていた。ぱちぱちという音が、本堂から響いてくる。

「千太郎さん」

由布姫は、寺門から外に出て足を止めた。

「あのふたりを見ているのは辛いですねぇ」

外からも本堂の前で、お志津の両親が弔問客たちに挨拶している姿を覗くことができた。肩を落としたその姿は痛々しい。

千太郎は、じっと両親を見ながら由布姫に声をかけた。

「どうしてお志津が……」

「狙いは私だったと思うのですが」

由布姫は、まったく事情が見えないという顔で答えた。

「おそらくそうだろう」

「でも、斬られたのはお志津でした」

「そこになにかの意図があるのか」

「あるとしたら、どういうことでしょう？」

「……わからぬ。敵の姿がまったく見えぬ」

「はい」

推量の材料はほとんどない。

「あの黒装束は、忍びのような気がします。刀は直刀でした」

「ふむ」

「それに、あの逃げ足の速さは、普通の侍ではありませんね」

「韋駄天か」

「そう呼べるだけの速さはあったと思います」

「もし忍びだとしたら。面倒なことになる。まさか公儀ということはないと思うが」

「公儀がどうして私たちを？」

暗い顔で由布姫は訊いた。

御三卿のひとつ田安家にゆかりある由布姫である。まさか公儀から狙われるような裏はないと思うのだが、なにが起きているのかまるで推量がつかぬのだから、いまは、どんな可能性も捨てきれない。

「まさか国許でなにか不穏な動きでも?」

由布姫は、さらに心配そうに訊いた。

「もしそんなことが起きていたとしたら、市之丞が話をしているはずだが」

「でも、千太郎さんに心配をかけまいと、黙っているのかもしれませんよ」

「市之丞のことだからありうるか」

「忠義の人ですからねぇ」

そういわれると、市之丞にしても父親の佐原源兵衛にしてもどこかよそよそしいところがあったような気もするが、確信はない。

「あの源兵衛どのが、屋敷に戻れといいませんでした」

由布姫が思い出しながら首を傾げる。

「それは、こんな場所だからであろう」

「普通ならそう考えますが。このような殺しが起きた後では、どんなことでも疑ってかからねばなりません」

「面倒なことになってしまったものだ」

千太郎は、腕を組みながら歩きだした。

銀杏の実が落ちて、臭気を発している。その実を拾っている者がいる。家に持ち帰って酒のつまみにでもするのかもしれない。

　鼻をつまみながら、千太郎は思案を語る。

「太助とお仲の件との関わりがあるかもしれんぞ」

「花活けの件ですね」

「そうだ。柿田家が裏で盗みを仕掛けていたとしたらどうだ」

「ばらされたくないと思うはずです」

「それなのに、私と弥市親分が出向いて、あんたが盗んだのではないかと追及した。

それで私たちが邪魔になったのではないか」

「となると、千太郎さんが確信に近づいているということになります」

「そうなる……」

「でも、どうしてお志津が狙われるのですか」

　ううむ、と千太郎は唸りながら続ける。

「花活けの件とは直接の関わりはないかもしれない」

「そう思います」

　由布姫も得心顔をする。

「では、お志津自身になにか、狙われるような問題を抱えていたという裏はないだろうか」

由布姫は、首を傾げてお志津との会話を思い出しながら、

「そうですねぇ。お芝居を見ているときも、駕籠に乗って柳橋で降りたときも、まったくそんな素振りは見えませんでした。もし、なにか心のなかに黒いものを抱えていたとしたら、私には見えるはずです。それに相談をしてくれるはずです」

「姫にも教えることができないような悩みであったとしたら……」

「それはないと断言できます」

自信たっぷりに由布姫は答えた。

三年もお志津はお付きとして働いてくれたのだ。いわば、双子と思えるほど、お互いの心の奥を知ることができていた。そのお志津が、闇を抱えていたとしたら、ひとことも由布姫に相談しないはずはない。

「それだけは、はっきりいえます」

「姫がそこまでいうのなら、そうなのであろう」

「はい」

「いずれにしても、花活けとの関わり、それとお志津本人になにか闇がなかったか、それらを調べてみねば、なにも判断する材料がない」

「そうですねぇ。お志津に関しては、私が調べてみます。それと公儀がなにか握っているのかどうかも」

公儀の言葉を出すとき、由布姫はかすかに顔を歪めた。身内から狙われているとは思いたくないのは当然のことだ。

「では、柿田家、笹原家、両家との関わり、あるいは国許との接点を探してみよう」

「なんとしてでもお志津の仇は討たなくてはなりません」

唇をかみしめる由布姫に、

「焦ってはいかん。確かにお志津が斬られたことは許せない。敵も討ちたい。だが、焦ってしまっては真実が目の前に落ちていてもそれを見逃してしまう」

「気をつけます」

由布姫は、大きくため息をついた。

太助は、襲われたとき投げた石が当たった男を探すことにした。

あのとき、石をぶつけた後、太助は男の後を連雀町（れんじゃくちょう）までつけることができたが、そこで急に見失ってしまっていたのである。つまり、そのあたりに奴の隠れ家があるのかもしれない。

自分ひとりで男の塒を探し出すのは、至難の業だろう。

そこで弥市親分に声をかけてみると、

「それは、いい。一緒に行くぜ」

と張り切った声を出した。

そして、いまふたりは連雀町界隈を歩いている。

「よく石をぶつけることができたな」

弥市が、感心する。

「へぇ、火消しですからね」

「……なんの関係があるんだい」

「なんとなく、そんな気がしたんで、へぇ」

「おめぇは、わけがわからねぇ男だぜ」

太助は、へへへと薄笑いしながら、

「親分。千太郎さんのお仲間が殺されたんですかい？」

「……あぁ、お志津さんといってな。雪さんの店に奉公している人だ」

「そうですかい。あの千太郎さんというおかたと、雪さんというのは、どことなくおかしな雰囲気ですねぇ」

「あぁ。浮世離れしている」

「どこぞのご大身の若さまですかねぇ」

「そうだと思っているんだが、はっきりしたことは俺も知らねぇんだ。ふたりも本当のことはいわねぇからな」

「なにか、隠しているような気がしますがねぇ」

「まぁ、あまり気にしていると、付き合うことができなくなる。特にあの千太郎さんの頭のなかは、どうなっているのかさっぱりわからねぇ」

「あっしもそれほど会ったわけじゃありませんが、そんな気がします」

そんな会話を交わしながら、弥市は連雀町の通りにある自身番をひとつひとつ当たっていくが、なかなか成果はあがらない。

そこで連雀町だけではなく、となり町の須田町あたりまで足を延ばそうということになった。

神田川河岸を須田町に向かう。

このあたりは、町人町だがときどき侍の姿も見えているのは、すぐ近くに郡代屋敷があるからだろう。棒手振りや振り売りの連中の姿も多く見られる。

須田町二丁目の自身番に入ったときだった。

「右頬に痣か怪我のある男を探しているんだが。見たことはねぇかい」

弥市が、白髪頭の町役に訊いた。

町役は、のんびり渋茶を飲みながら考えているようだったが、

「怪我かどうか知らねぇが、近頃、少し羽振りがよくなった男がいたが……あぁ、そういえば右頬に痣ができていたような気がしますねぇ」

「おう。その野郎の名前は？　なにをやっている男だ」

「釜吉といいましてね。奥山あたりを流してゆすりたかりをやっているような、小悪党ですよ」

三十に届くかどうかというくらいの歳で、須田町二丁目の猪熊長屋に住んでいる男だという。猪熊長屋というのは通称で、猪吉という男と熊八という男が住んでいるかららしい。ふたりとも大工で、お互い自分のほうがいい腕を持っていると、常に言い合っているそうだ。

「その長屋の右側、一番奥が釜吉の塒です」

町役は、渋茶をすすった。

「それはありがてぇ。助かったぜ」

礼をいって、弥市は外で待っていた太助に釜吉の話を伝える。

「すぐ行きましょう」

「待て待て。おめぇの面は割れているだろう。そこにのこのこおめぇさんが顔を出したんじゃや、逃げられてもしょうがねぇ」

「へぇ、確かに」

「ちょっくら俺が先に偵察してくることにしよう」

途中で太助にその辺で待っているように伝えて、弥市は猪熊長屋に向かった。

須田町は、連雀町とつながるとなり町だ。神田川の川風は届かないが、蕎麦屋や団子屋など、庶民の臭気に包まれているようなところだ。子どもたちが数人、弥市の横を駆け抜けていく。

猪熊長屋は木戸が半分傾いているような長屋だった。

番太郎に声をかけ、釜吉という男がいるかどうか訊いてみると、

「釜吉？　さっき出かけて行きましたよ」

「どこに行ったかわかるかい」

「おそらく奥山でしょう。野郎が行くのはそこしかねぇはずですからね」

奥山の春という水茶屋にいる女のところだろう、という。

「その店のお安という女にぞっこんでしてね」

「お安だな」

「あっしは見たことはありませんが」

商売物の下駄を並べながら番太郎が答えた。木戸番は商売をしている者が多い。だが、さっきから見ていてもほとんど客が来る様子は見えない。それでもたいして気にする態度もなかった。

弥市は、釜吉とはどんな男か訊いた。

「どんな野郎かといわれても、まぁ、普通に考えたら、いけすかねぇ野郎でしょうねぇ」

「生意気なのかい」

「そんなんじゃありませんや。さっきもそこから下駄をひとつかっさらっていきました。毎日そんなことをするわけじゃねぇが、たまに小遣いがほしいときは、ここから下駄を取っていきやがる」

「金は払わねぇのかい」

「野郎には、ものを買うという気持ちも言葉もねぇんだよ」

「長屋の者も同じような迷惑をこうむっているんだな?」

「そんなことはねぇなぁ。商売をしている連中だけだ、奴が狙うのは」

奥山あたりでも、やり放題だというのだが、弥市は縄張りうちだというのに、釜吉の名は聞いたことがない。

「あまり聞かねぇ名だが」

「あぁ、野郎には後ろ盾がいるという噂ですからね」

「後ろ盾？」

「けっこうな身分のある侍らしいです。そこあたりが、いろいろ便宜を図って、もみ消しでもしているんじゃありませんかね」

「誰なんだい、それは」

「それがわかっていたら、問題はありませんや。後ろの顔が見えねぇからむしろおっかねぇ……」

「なるほど」

人は正体が見えないほど、恐れを抱くものだ。

四

江戸の秋を渡る足は速い。

奥山を歩く娘たちの足もどことなく急いでいるようだ。秋を楽しもうとしているのか、それとも、どこか目的があるのか。

空には白い雲が数本の線になって風に流されている。

なんとなく、物悲しいなぁと太助が呟いた。

「お仲さんはどうしている」

弥市が、太助の横顔を見ながら訊いた。

「まぁ、なんとなく」

「なんだ、そのなんとなくというのは」

「文字どおりの意味でして」

「おまえは本当に意味不明の野郎だ。誰かみてぇだぜ」

「……千太郎さんですかねぇ」

「気がついたか」

苦笑する弥市に、太助は真面目な顔つきで、

「あのおかたは絶対にその辺にいる侍じゃありませんぜ」

「どういうことだ」

「町のなかで暮らすようなお人じゃねぇ、という意味です」

「……まぁ、そうだろうなぁ。普段は惚けているように見えるが、いざってときには、とんでもねぇ才を発揮するからなぁ」

「どこぞ大名のお殿さまですよ」

「旗本ご大身の若さまだろう」

「そうですかねぇ」

「そらそうだ。いくらなんでも大名の若さまが上野山下の骨董屋にいるわけがねぇ」

そうかなぁ、と太助は首を傾げ続ける。

奥山はいつものごとく雑駁さと華やかさを同時に抱えていた。

若い娘の集団をからかっている遊び人がいると思えば、四角四面な歩き方をする浅葱裏もいる。

だから奥山は楽しいのだ、と弥市は心のなかで囁いている。

太助はそんな周りなど目に入らないのだろう、早く釜吉に会いたい、と目をギラギラさせて、肩でぶつかった男を睨みつけながら、進む。

そんな太助の態度に苦笑いしながら、弥市は春に向かって歩き続ける。

「店は浅草寺裏にあるはずだ」

弥市の言葉に、太助は早く行きましょうと急かせた。早足で先を歩く太助の後ろ姿を見て、弥市がいう。

「火消しは気が短けぇなぁ」

「待っていたら火が回ってしまいますからね」

「ちげぇねぇ」

五重塔を右に見ながら、浅草寺の裏側に回ると、ふたりの前に春と小さな立て看板のある店が見えてきた。葭簀（よしず）張りだから、大風が吹いたら吹っ飛びそうだった。

だが、店では大風でもびくともしそうにない女がいた。それがこの店の主人、お春らしい。もうひとりの女がそのとなりの縁台に座っている。

藍色の小袖に真っ赤な前垂れをしていた。色白の頬にかすかに朱色の頬紅を差している。

「あれがお安ですかねぇ」

「おそらくな」

大柄な女がお安ではないだろう。その証しに頬紅の女のそばには、片足だけ縁台の上に乗せた横柄な態度の男が座っていた。

煙管（キセル）を口に挟んで、ぷかりぷかりと煙をたなびかせている。国分（こくぶ）のいい香りが店のなかにも漂っていた。

弥市はじっくり男の顔を見た。

だが、こちらからは左の顔しか見えない。

太助は右側に回ろうとしたとき、弥市が止めた。

「おめぇは面が割れている」

「あぁ……」

しまったという顔をする太助に、弥市は目を外に向けた。

「すぐここから出て、奴が石をぶつけた男がどうか、確かめるんだ」

その言葉に、太助は頷く。

「外からこちらを探ってきます」

「それがいい」

太助は、すぐ後ろを向いて店から通りに出た。

釜吉らしい男は、太助には気がついていない。となりにいるお安らしき女にちょっかいを出し続けて、よそ見をしないからだった。もしこちらを向いていたら、すぐ太助だと気づかれたことだろう。そう考えると、ついていたともいえる。

太助は一度、店の外に出て通りにある天水桶（てんすいおけ）の陰から様子をうかがっている。

弥市はなんとか男の右頰を太助に見せようと思案する。

「それにはどうするといいんだい……」

呟いた弥市は、すたすたと男の前に進んだ。こんなときこそ、十手を使えばいいのだ。

縁台の前まで進んだ弥市は、十手を取り出し、

「釜吉ってぇのは、おめぇさんかい」

先端を突きつけた。

「は、なんでぇ、なにもおかしなことはしていねぇぜ」

「名前を訊いているんだ」

「どこの親分さんか知らねぇが、俺にそんなことをしたら、大変なことになりますぜ」

にやりとしたその右頬には、青い痣ができていた。

——こいつだ。

心のなかで弥市は叫びながら、通りの向こうからこちらの様子をうかがっている太助に目で合図を送った。

太助も、なんとか男の顔を見ようと、また店に戻って来る。

十手を見ても横柄な態度を取り続ける釜吉らしき男が立ち上がって、

「親分さん、いい加減にしてくれねぇかなぁ」

「釜吉かどうか訊いているんだ」

舌打ちをしながら、そうだ、と答えた。

「親分さんだからといって、乱暴はいけませんぜ」

にやつきながら釜吉がおためごかしをいう。

「まだ、なにもしてねぇよ」

「あっしがなにかやらかしたとでもいいたそうじゃねぇですかい」

「やったのかい」

ちっと舌打ちをしながら釜吉は、右側を向いた。

弥市はもう一度痣をじっくりと見つめる。

傷が新しく、あきらかに最近できたものだ。

殴られたような擦ったような切り傷も見えている。しかし、それは人に殴られてできたものとは異なって見える。

「おめぇがここ数日、なにをしていたのか教えてもらおうかい」

釜吉はふんと知らぬふりを続ける。御用聞きなんざどうでもいいという顔つきは、やはり後ろ盾がいるからだろうか。

「ついでだ、おい、その傷をどこでつくったんだい」

「なんだって？」

釜吉は、手で傷に触れた。

思い出したくなさそうな顔つきだった。

「奥山にいると喧嘩をふっかけられるからなぁ」

傷を撫でながら呟く。

「そうじゃねぇだろう」

痣を覗き込むような姿勢を取りながら弥市が問う。

「……なにがいいてぇんです？」

「おめぇが、つい最近どこでなにをしたのか、それをはっきりと聞きてぇと思ってなぁ。そうするとその傷の原因もわかるんじゃねぇのかい」

お仲を襲っただろうとはいわないほうがいいと、弥市は判断して、あいまいな言い方をした。

その強面ふうの態度がかえって釜吉を意固地にさせたらしい。

「ふん、どんな親分さんかと思っていたけど、そんな意味のわからねぇ話でおれを捕縛なんざできねぇよ」

鼻を鳴らしながら、えらそうな顔つきを見せる。

やはり、後ろに大物が控えているという町役の言葉は本当のことかもしれない。だが、そんな話に怯むような弥市ではない。

後ろ盾がいるとしたら、自分にも千太郎という人がいる。

と――。

店の外から、大きな足音が聞こえた。

「太助！」

外から、火消しの体が吹っ飛んで来た。明らかに傷を見つけ、さらにお仲を襲った男だと確信したのだろう。土煙でも上げそうな勢いだった。

茶屋の女ふたりは、目の前でなにが起きているのか把握することができずにいるのか、口出しはしない。岡っ引きに睨まれてしまったら、この浅草では商売ができなくなると知っているのだ。

お春もお安も、弥市たちから離れて成り行きを見守っているだけだ。

店に吹っ飛んで来た太助の体が釜吉に飛びついた。

「やい！　てめぇ、よくもお仲を！」

組み付かれた釜吉は、慌てて逃げようとするが、がっちりと羽交い締めにされてし

まって、動くことができずにいる。太助は釜吉の首を絞めながら、

「やい！　花活けをどこにやった！」

苦しがる釜吉の首をなおも締め続けていると、

「ちょっとごめんよ。そんなところで喧嘩なんぞしていたら、ほかのお客さんに迷惑だぜ」

八丁堀らしい黒羽織が入って来た。

「だんな……」

その同心は釜吉とは顔見知りなのだろうか。

弥市は同心の顔を見た。

「あのぉ……」

弥市が手札をもらっているのは、南町見廻り同心の波村平四郎だ。といっても南町の同心すべてを知っているわけではない。目の前にいる同心の顔は見たことがなかった。

どう対処したらいいのかわからず、立ち尽くしている弥市に、

「俺を知らねぇかい？」

同心が声をかけた。

悪そうな態度でなかった。声音（こわね）はむしろやさしい。十手を腰の後ろに差して巻羽織。どこから見ても気のいい同心に感じる。

「あのぉ……」

低姿勢に出る弥市に、同心はかすかに微笑みながら、

「俺は、矢ノ倉加十郎（やのくらかじゅうろう）だ。知らねぇかい？」

「へぇ……申し訳ありません」

頭を下げる弥市に、矢ノ倉はまぁいいだろうという顔をした。

「ふふふ。あまり名を知られた男ではねぇからなぁ。手柄もほとんどねぇし、同輩たちから馬鹿にされているようなものだ」

自嘲しているようではない。

むしろそんな境遇を楽しんでいるようないいぶりだった。

五

「それにな……」

矢ノ倉は、口をかすかに歪めて、

「おれは北町だからなぁ」

今月の月番は南町だ。北町の見廻り同心がどうしてこんなところにいるのだろう、と弥市は不思議そうな目を矢ノ倉にぶつけた。

「どうしてここに北町がいるのか、と思っているらしい」

「へぇ、まぁそんなところですが」

「なに、非番で暇だから顔を出したまでよ」

どこまで本当なのかわからぬ目つきである。

「で、この男がなにかやらかしたのかい」

月番違いとはいえ、同心には違いない。ふたりの男が揉めている場面を見て、ないがしろにするわけにはいかないだろう。弥市は、釜吉を指さして、

「あの男が、花活けを運んでいるときに、暴漢に襲われてそれを盗まれてしまったんです」

「この男が盗んだとでもいうのかい」

「そのとき、この太助が投げた小石が顔に当たりました。その痕と傷がこの痣に間違えねぇと思いまして」

「それで追求していたというのか」

「へぇ、そんなわけでして」

矢ノ倉は、弥市を眺めた。

「ははぁその口の尖らせる顔つきは、山之宿の親分だな」

まさかそんな癖を知られているとは、弥市も苦笑するしかない。それでも名を知られているなら、好都合だ。

「では。旦那。この野郎を捕縛してぇんですが」

「縄を打つと？」

「なにか問題でもありますかねぇ」

矢ノ倉は、小首を傾げながら、腰の後ろに差した十手の柄を掴んで、

「どんな証拠があるんだい」

訊きながら、釜吉に目線を送る。腰から十手を引き出し、

「おめぇさん、釜吉ってんだな？」

へぇ、と釜吉は返事をした。先ほど、ふたりは顔見知りなのかと思ったのだが、いまのやり取りからすると、知り合いではなさそうだ。もっともふたりで惚(とぼ)けていたら定かではない。

「こちらは誰だ」

矢ノ倉は、太助を不審な目つきで見た。

太助が釜吉の体を羽交い締めにしているところを見ているのだ、そこから見ると、太助のほうが暴力を振るっているように見えるのは仕方がない。

太助は勢い込んで叫んだ。

「旦那！　この釜吉という男はふてぇ野郎です。あっしと将来を約束した女から、大事なものを盗んだんです」

「大事なものとはなんだ」

「それが、ですからそれがあるお武家さんの家宝の花活けです」

「ほう……それをこの男が盗んだというのかい」

「へぇ、さっき弥市親分がいったとおり、野郎が襲ってきたときあっしは小石を投げつけました。そのときあたった傷と痣が、野郎の右頬に残っています」

指を差して傷の存在を明らかにした。だが、矢ノ倉は十手の先で手のひらをとんとんしながら、

「その場面を見た者はいるのかい」

「あっしが見ていまさぁ」

「他に誰か、この男が襲ってきたところを見た者はいるかい、と訊いているんだ」

「それは……」

あのときは笹原治部とお仲、それに太助本人しかいなかった。ほかに通りすがりの者の姿もなかったのである。目撃した者がいないのは、太助にとっては不利な話であった。

「そんな曖昧な話で、この者を捕縛するわけにはいかねぇなぁ」

そういうと、矢ノ倉は太助に十手の先を突きつけて、

「さっき、この男に喧嘩を挑んでいたようだったなぁ」

「喧嘩じゃありません。あっしの話を聞いてくだせぇ」

必死に太助は、釜吉に大事なものを盗まれたのだ、と訴えるが、

「そんな証拠はねぇ」

矢ノ倉は、まったく聞く耳を持たない。

最後は、なんと太助を捕縛するといいだしたから、たまらない。太助は捕縛などされたらかなわないと、そこから逃げ出した。

それを見た釜吉は太助が逃げたのとは逆へ逃げてしまったのである。矢ノ倉がそれに対して、なにもしないため、弥市がでしゃばるわけにはいかず、

「旦那……」

「なんだ、なにか不服がありそうな口の尖らせかたじゃねぇかい」

大いにあるといいたいのだが、北町の同心に食ってかかっても仕方がない。かえってとばっちりを受けてしまうかもしれない。そんなことになったら、波村平四郎に顔向けができなくなる。

仕方なく、弥市は口から出てきそうになる文句を、じっとこらえるしかなかった。

六

例によって、片岡屋の離れでだらしなく横になっている千太郎の前で、弥市は矢ノ倉という北町の同心に邪魔をされて、釜吉を捕まえ損ねたと口を尖らせている。

庭の木々がかすかに色を変えて、秋の顔だ。

だが、弥市の心のなかはまだ真夏のように熱い。

じっと話を聞いていた千太郎は、途中から首を傾げ始めて、

「その矢ノ倉という北町の同心はどうしてそんなところにいたのだ」

「なんだが都合がいいような気もしますがねぇ。あの釜吉を逃がすために、あの店に来たような気がしてしょうがねぇ」

「話を聞くと、そう見られても仕方がない」

千太郎も、弥市と同じ意見なのだ。

だが、いまはそれよりももっと大事な事件のほうに千太郎の気持ちは向いていた。

お志津がどうして斬られたのかである。

由布姫の気持ちの沈み方は、尋常ではない。

自分がついていながらどうして助けることができなかったのか、と自分を責めているのだ。

千太郎が、偶発的なことだったのだから自分を責めるな、と諭すのだが、

「いえ。あのとき死ぬ気で相手と戦っていたらあんなことにはなりませんでした」

そういって、我が身を責め続けているのだ。

由布姫のやつれようは尋常ではない。ほとんど他人のことなど心配をしない治右衛門が、

「雪さん、そのままでは今度は自分が命を取られてしまいます」

心配したのだろう、朝鮮人参をくれたほどであった。

弥市も雪のやつれ方は気になって仕方がない。

釜吉を逃したのは悔しいが、それ以上にお志津が斬られた理由がわからず、すっき

りしないのだ。

「お志津が斬られたのは、私のせいです」

また由布姫は顔を伏せながら呟いた。

目の下にくまを作り、いたいたしい姿を前にして、弥市はため息をつきながら、

「敵がどんな奴かは見ているんですよねぇ」

だが、由布姫は首を左右に振って、

「全身黒ずくめでしたから、顔も見えなければ声すらもわかりませんでした」

「黒ずくめとしたら……忍びですかねぇ」

「そう考えると一番しっくりしますが。でも、ひと口に忍びといっても、公儀隠密から、よその藩の者。あるいは忍び崩れの盗賊など、大勢います」

「確かにねぇ」

弥市は、由布姫の言葉に頷きながら、

「公儀隠密だとしたら、どうして雪さんがそんな輩に狙われるんです。ましてやお志津さんが公儀から狙われる理由なんざどこにもねぇと思いますが……それとも、お志津さんにはなにか秘密でもあったんでしょうかねぇ」

確かに命を狙われる理由など見つからない。もし、あるとしたら由布姫のほうだろ

う。なにしろ田安家ゆかりの姫様だ。知らず知らずのうちに、どんな陰謀に巻き込まれないとも限らない。

だが、いまのところおかしな噂を聞いたこともなければ、いままで周囲に不穏な動きを感じたこともなかった。もしなにか起きているとしたら、由布姫への警護も人数が増えるか、目につくようになるはずだ。

そんな気配もいまのところ見えない。

弥市は、雪が由布姫という身分だとは知らない。

それだからこそ、ただの盗賊、あるいは暴漢に襲われた程度だろうとしか考えることはできない。それにしては、千太郎にしても雪にしても深刻な顔つきが気になるのだった。

「とりあえず、矢ノ倉という北町同心を調べてみたらどうだ」

千太郎は、由布姫の話を避けた。

弥市にあれこれ詮索されるのは、ありがたい話ではあるが、自分たちの裏を探られるのも面倒な話になってしまうからだった。

「矢ノ倉さんを探ったら、なにか出てきますかねぇ」

「さぁ。それはわからぬがなぁ。まずは波平さんに、矢ノ倉という同心がどんな手柄を上げているのか、それを聞くだけでも人となりがわかるのではないか」

「へぇ、確かにその可能性はありますねぇ」

どこか惚けたところのある矢ノ倉であったが、目眩ましかもしれない。釜吉とは最初からあそこで落ち合う手はずでいたとしたら、月番でもないのに、あの水茶屋に姿を見せたのもうなずける。

もっとも、そこまであの矢ノ倉という同心が、裏を持っているのかどうか、いまのところは不明だ。もし、釜吉と待ち合わせをしていたとしたら、その理由はなにか。

釜吉には、後ろ盾がいるという噂がある。その後ろ盾というのが、矢ノ倉加十郎なのか。

そうだとしたら、ふたりの間柄はどこで繋がっているのか。

こちらもお志津殺しと同じくらい大きな謎である。

「そういえば……」

矢ノ倉についての会話が終わったと思ったのか、由布姫が漏らした。

「どうしたのだ」

心配そうに千太郎が問う。

ふたりの間で、何度も交わされたお志津殺しである。

本当の狙いはお志津より、由布姫にあったのではないか、という推量は危険な話だ。だが襲われた理由がまったく見つからないだけに、よけい不安と疑惑が大きくなる。

暗闇を歩くと、かすかに見えた小さな木も大木のように感じられる。それと同じだ。

千太郎は、由布姫の次の言葉を待った。

「イヌワシ……」

消えそうな声だったために、はっきりとは聞こえない。

「犬がどうしたんです？」

訊いたのは弥市だ。

「犬ではありません、イヌワシ……です」

「イヌワシって、あの猛禽のことですかねぇ」

首を傾げながら、弥市は千太郎を見つめる。

腕を組みながら、千太郎が訊いた。

「イヌワシとは、なんのことです」

「あのとき、たしかそんな言葉を聞いたような気がします」

不思議そうな目つきで千太郎が由布姫を見る。

「お志津が斬られたときに聞いたというのかな」

由布姫は、かすかにため息をつきながら、
「はい。黒ずくめがお志津を斬ってこちらを向いたときに、そんな言葉を囁いたよう
な……はっきりとは覚えていないのでなんともいえないのですが」
お志津が死にそうになっていたのだ、冷静に言葉を聞くことなどできはしなかった
だろう。
「その言葉は、雪さんに聞こえるようにわざと吐いたんでしょうかねぇ。もしそうだ
としたら、なにか目的があったはずです」
「さぁそれは……いまでもその言葉を本当に聞いたのかどうか……」
はっきりしないという言葉を由布姫は飲み込んだ。
「矢ノ倉加十郎に、イヌワシ……なにかきな臭さがどんどん充満してきましたねぇ」
弥市の言葉に、千太郎と由布姫は目を合わせるしかなかった。

第三章　花活けの行方

一

お志津が斬られたときに、かすかに聞こえてきた言葉があったと由布姫はいう。

それが、イヌワシだ。

あまり自信がなさそうだが、その言葉を聞いて弥市が首を傾げながら庭を見た。

鳥がまた徘徊(はいかい)している。柿の実を食いつくしてしまったのだろうか。弥市は、そんな鳥の動きを見ながら、

「あの鳥とイヌワシでは恐ろしさが違いますねぇ」

「で、親分、イヌワシの名を聞いたことがあるとはどういうことなのだ」

「へぇ……おそらく波村の旦那に訊いたらもっと詳しく聞けると思いますが、以前、

そんな名前を持つ兇賊集団がいたような気がしたんです。でも、それ以上は、はっきりしません」

「兇賊集団？」

千太郎が不審な目を向けると、由布姫が訊いた。

「盗賊とはまた違うのですか」

「盗人もやりますが、請け負って人を殺すような不届きな連中だというような話でした」

「本当にそんな輩(やから)がいたのかどうか」

意外そうに千太郎が呟いた。

「へぇ……それはもう神出鬼没(しんしゅつきぼつ)で、なにかやらかすときには、黒装束を着ているという話でした」

「いつ頃の話なのだ」

千太郎が、体を前に押し出した。

「おそらく十年は経つと思いますが。黒ずくめという格好が同じなので、思い出しました」

「当たりですね」

由布姫は、悔しそうに頷く。

「それにしても、そんな殺人集団がどうしてお志津を狙ったのでしょう。私が目的なら、お志津を斬る必要はないはずです」

「そこに悪意を感じるのだが」

腕を組んで天を見上げる千太郎に、弥市は十手を取り出し、ごしごし手拭いで拭きながら、

「本当に目的は雪さんを殺すつもりだったんですかねぇ」

「どういうことです」

由布姫が弥市に目を向ける。

狙いが自分ではなかったとしたら、そこにはどんな意味が含まれているのか。必ず裏があるはずだ。由布姫が首を傾げると、

「ですが、その連中に殺しをやる意味はほとんどねぇでしょう。誰かに頼まれただけで、やつらは引き受けたことをやっているだけですよ」

弥市の言葉は、由布姫の推量を否定することになる。

だが、千太郎はそれでも理由はある、と弥市にいった。

「つまり、誰かが殺しを頼んだとしたら、それなりの理由がある、ということだ。だ

から由布姫が狙われた。あるいは……」

「千太郎の旦那が狙われた……」

苦しそうな顔で、弥市が言葉を吐き出した。

「私か、千太郎さんか……」

さらに由布姫の顔は、苦渋に満ちている。

どちらにしても、どうして命を狙われるのか。身に覚えはない。だからこそ、よけい気持ちが悪い。

重苦しい雰囲気に包まれたとき、千太郎が口を開く。

「いまここでわからぬことを考えていてもしようがあるまい」

「そうですね」

由布姫も同調して、

「お仲さんの件を先に片付けましょう」

その言葉に弥市は頷きながら、

「確かに太助が泣いてます。あの野郎、本気でお仲さんに惚れているらしいですぜ。いままでも惚れては振られて、また惚れてと面倒な野郎でしたけどね。今度はうまくいってくれたらいいんですが」

「惚れっぽい人なんですねぇ」

　ほほほと手を口に当てる由布姫を見て、弥市もにやけながら、

「あぁ、雪さんがやっと微笑んでくれました。雪さんが沈んでいると千太郎旦那の機嫌が悪くてしかたがありませんぜ」

「そんなことがあるか」

　不服そうに千太郎が組んでいた腕を解いた。

「そんなことより、まずは笹原家に行ってみるか」

「柿田家より笹原家のほうが先ですかね」

　弥市は、まだ十手を磨きながら答える。

「あの家にはなにか隠されたことがありそうな気がするのだ」

「といいますと」

「さぁ、それがわかれば花活けも盗まれずに済んだような気がするのだが」

「そうですかねぇ」

　弥市にはそこまで感じることはできねぇ、と答えてから、千太郎の顔を見つめる。いままではお志津が斬られた話に心を奪われていたためか、あまり才気ある顔つきではなかった。

だが、ようやくきりりとした顔に戻った。弥市はうれしそうに、

「では、旦那行きましょう」

「よし」

千太郎は、刀掛けから二刀を取り、腰に差した。その目つきには命が吹き込まれたような力が蘇(よみがえ)っていた。


片岡屋を出ると、山下の人通りが目に入る。

浅草界隈とはまた異なり、どこか淫猥(いんわい)な香りがするのは、このあたりにはけころと呼ばれる娼婦のいる場所があるからだ。若い男が数人並んで歩く姿が多いのは、そのせいだろう。

もちろん、そんな男たちばかりではない。若い娘たちもなにが楽しいのか、笑い声を上げ合いながら、通り過ぎていく。

「若い者たちはいいものだ」

おしろいの匂いを振りまきながら通り過ぎて行く若い娘たちを振り返りながら、千太郎が呟いた。

「旦那でもそんなことを考えるんですかい」

「たまにはな」

「雪さんがいるじゃねぇですかい」

「あの人とは、また違う。庶民の元気ある姿を見るのは楽しいものだ。そう思わぬか」

「あっしも庶民ですから」

「親分は、御用聞きではないか。庶民ではない」

「へ？　では、あっしはなんでしょうかねぇ」

「御用聞きだ」

「……間違ぇのねぇ返答をありがとうござんす」

　ふふふ、と含み笑いしながら、千太郎はさらに続ける。

「どうだ。今年は虫聴きにでも行こうではないか」

「あっしと行くのはやめておいたほうがいいですぜ」

「それはなぜだ」

「虫の声を聴いてもまったく楽しくもなんともねぇような男ですからね。雪さんとおふたりでどうぞ」

「風情（ふぜい）を感じぬのか」

「十手を持つと感じます」

「それは、風情ではあるまい」

「岡っ引き根性という輩もいますがね」

あははは、と大口を開いて千太郎は声を上げる。

「親分はいい男であるなぁ」

「よくいわれます」

「むむむ……」

「虫は嫌いですから」

他愛ない会話を続けている間に、ふたりはひぐらしの里に入った。

夏のおわり頃になると、ひぐらしのなく声がよく聞こえる。そこからひぐらしの里と呼ばれる。

それが日暮しに変化して、日暮里(にっぽり)になった。

夕焼けの刻限であれば、この時期には道灌山(どうかんやま)で虫聴きの会を開く趣味人が多い。葭簀張りの床店なども多く出て、なかなかの賑いになる。だが、まだ午(うま)の刻を少し過ぎたあたりだから、そのような人出を見ることはない。

武家屋敷が並ぶ周辺に着いた。

「千太郎の旦那。笹原家の秘密ってなんですかねぇ」

「さぁなぁ」

「柿田家との確執はどことなく感じることはできますがねぇ。お互いの家格が近いというのも、お侍さん同士ではぶつかり合いの原因になるのかもしれませんが。あっしたちでも貧乏人どうしじゃ、衝突が絶えねぇ」

　おかしな比喩話に、千太郎はにやにやしながら、

「舞姫と柿田小一郎の縁談話も、どこかきな臭いな」

「小一郎が一目惚れしたというような話でしたが」

「どこか無理矢理な感じを受けるのだが……」

　目を細める千太郎に、弥市は頷くと、

「小一郎という男はどうにも女癖が悪いという評判がありますからねぇ。陰ではどんな悪さをしているのか、わかったもんじゃねぇですよ。そんな相手だと笹原さんのほうも知っているから、あまりいい顔はしていねぇはずです」

「それなのに、どうして笹原家は縁談の話に乗ったのか？　そこになにか秘密がありそうだが、まったくの当てずっぽうだから、あまりあてにはならんが」

「小一郎がなにか画策したのかもしれません」

花活けを盗んだのは、小一郎ではないか、という弥市の推量も、まったくの的外れではないかもしれない。


笹原家の門の前に着くと、玄関まで先に千太郎が進んだ。

旗本の家だ、弥市が先に入るわけにはいかない。

千太郎が訪いを乞うと、用人の三田村重吉が出て来た。千太郎と弥市の顔を見ると、かすかに頬が歪んだ。どうやらふたりの訪問は迷惑らしい。

もちろん千太郎もそんな三田村の態度には気がついているが、

「ご主人はご在宅であろうか」

声音はていねいだ。

三田村は用人である。あまり横柄な態度を取るわけにもいかない、と思ったのか、

「さきほどお城から戻って来たところです」

これもていねいに応じた。

眉間の皺が、用人という仕事の難しさを表しているようだった。

二

笹原治部は、どことなく疲れているような顔で出て来た。羽織の袖が汚れているような気がする。あまりいい生活をしていねぇなぁ、と弥市は心のなかで呟いた。

近頃の旗本は外と内ではかなりの差があるのだろう、と思ってしまう。

畳もささくれだっている箇所があるようだった。

上座に座った笹原は、千太郎の顔を見てかすかに目を細めた。

「どこかでお会いしたことがあるかな」

怪訝な表情である。

「はて、私は今日が初めてのお目もじですが」

ていねいに手をついて、千太郎が挨拶をした。

笹原が疲労を見せているのは、花活けが盗まれたことだけではないのではないか。

弥市は、笹原が千太郎の問いにどんな返答をするのかじっくり聞くことにするが、どう見ても貫禄は、千太郎が勝っていた。

旗本を馬鹿にするつもりはない。むしろ千太郎に貫禄がありすぎるのだ。

「こちらは知っておるかな」

弥市を指差した千太郎に、笹原はさぁというような顔をした。太助から話も聞いていないらしい。

そこにお仲が粗茶でございますといって。部屋のなかに入って来た。

お仲は少し恥ずかしそうに仙太郎と弥市に目を送ってきた。太助から話を聞いているると知っているからだろう。

「花活けは見つかったであろうか」

笹原がお仲に問う。

その声は、緊急の一件だという雰囲気ではない。

「いえ……その話をこのおふたりがするためにお伺いいただいたと存じます」

弥市はお仲の板についた腰元ぶりに感心する。仲間からも信頼を得ているという太助の言葉は本当だろう。

「そうなのですか」

問いかけたのか、それともただお仲の言葉をなぞろうとしただけなのか、はっきりしない応対である。これでは当主として、周りからどんな目で見られているのか、侍ではない弥市でも、気になる。

お仲はそれでも当主に対しては慇懃に答えた。

「先日、柿田家に行く途中に襲われた話はこのおふたりはご存じです」

つまり、気にせずに自分の考えをはっきりと伝えたほうがいいと、暗に伝えているのである。そんなところからもお仲という娘は確かに、才がある。太助にはもったいねぇ、と心で笑う弥市に、

「御用聞きの親分さんらしいが」

笹原治部が声をかけた。

普通、旗本や侍は、御用聞きのことを毛嫌いしているのだが、別段嫌そうな声ではなかった。

「へぇ、お見知りおきを」

頭を畳にくっつけるかと思うほど、おじぎをする弥市に苦笑しながら、

「花活けの件を調べておるのか」

「まぁ、そんなところです」

「見つかったのであろうか」

今度は、千太郎に目を向けた。ふたりを交互に見ることができるだけの如才なさは持ち合わせているらしい。

「残念ながら……」

　まだ、という言葉を飲み込みながら、

「まぁ、すぐ見つかるでしょう」

「だが、見つかったとしても、偽物であろう」

「そうとは限りませんよ」

　屈託のない千太郎の話し方に、笹原は訝しげな顔をした。

「本物を見つけるかもしれない、といっているのです」

「ほう……」

　笹原は、さらに怪訝な目をする。どうして本物を見つけるだけの力がある、と千太郎が答えたのか、不思議なのだろう。

「なに、私は上野山下で骨董の目利きなどをおこなっている者ですが、悪の目利きもやっていましてな」

「悪の目利き？」

　初めて聞いたというふうに首を傾げた。

「そうです、悪の目利きです。ですから悪党を見ると、すぐわかるのです。悪党を見つけたら、本物を見つけることはたやすい」

「それは重宝な目利きであるなぁ」

「ときには面倒なこともありますがねぇ」

そのいいぶりがおかしかったのか、笹原は、くすりとする。

そんな応対を見ていると、悪い男ではないのだろう。千太郎もにこりとしながら、

「悪の目利きをやっていると、いろんな連中を見ることがあります。それで、人を見る目が養われる、とまぁそんなところですかな」

「なるほど」

ふたりの間に、和やかな雰囲気が生まれている。それを見て、お仲はひと安心なのだろう、肩の力が抜けるのが弥市にもわかった。

「しかし……」

笹原は千太郎と会話を交わしているときとは、少々異なる顔を見せて、

「花活けの件だが」

「なんでしょう」

「じつは、私はなくなったからといって、それほど気にはしておらぬのだ」

「はて、それはどういうことです」

「あの花活けの由来をご存じですかな」

「ご先祖が、関ヶ原で活躍したときの褒章だとお聞きしてますが」

「確かに、それは間違いない話なのではあるのだが……」

そこでまた、眉をひそめる。

弥市は小首を傾げた。

笹原の顔からはあまり深刻な色が見えないのだ。大事な花活けを盗まれたという緊張感が感じられない。

それは千太郎も同じだったらしい、

「なにか、不都合でもありましたかな」

「いえ、そうではないのだが」

「では、そのお顔はどういうことでしょう」

「それほどおかしな顔つきであろうか」

「まぁ、あまりいいお顔とはいえません」

弥市はふたりのやり取りに、いらいらさせられている。早く、その先を話してくれ、という気持ちだった。

侍というのは、自分をさらけ出すのが嫌いらしい。それとも苦手なのか。

笹原を見ていると、そんな気がする。江戸っ子はこんなときは、早く喋りやがれ、とでもいってしまうだろう。

　侍は江戸っ子ではないのだろう。

　そんな弥市のいらいらが千太郎に通じたらしい。

「親分がいらいらしています。早くどんなことを考えているのか、教えてもらったほうがいいでしょう。でなければいまに親分が十手で頭をかち割ってしまうかもしれません」

「かち割る……」

　苦笑して、笹原は口を歪め、

「それではいおう……」

　と答えるが、やはりなかなか言い出さない。

　千太郎は、じっと待っている。弥市は早くしてくれといいたい。本当に十手を取り出して、頭をかち割ってやろうかとでもいいたそうだった。

　そんなふたりの顔つきを見て、さすがに笹原も口を開いた。

「そもそも関ヶ原で活躍したのは、私の何代も前の先祖です。いまではどのくらいの前なのか、自分でもわからなくなっている」

「そうでしょうなぁ」

「それほど古い話をいまさら持ち出されても困るというのが、私の立場なのですよ」

先祖のことなど知らぬ、といいたいらしい。

「ですから、あの花活けが盗まれたとしても、それほど私としては、気にしていないのです」

「なんと」

「お仲が花活けを壊したと聞いたときには、むしろこれでさっぱりできる、と安堵したような気がしていましたからなぁ」

「しかし……」

「はい。用人の三田村は、以前からこの屋敷に勤める忠義者ですから、それを割ってしまうなどとはあってはならない、と考えています」

「それでお仲さんを斬ろうとしたわけですね」

「そんなところなのだが、私の心のなかでは、先祖の亡霊のようなものを割っただけで、死罪などにするとは考えることはできなかった。だから生かした……」

千太郎は天を仰いでいる。

弥市は、バカバカしい話だと思いながら聞いていた。

死罪も馬鹿馬鹿しければ、先祖を亡霊というほうも馬鹿ではないのか。弥市には先祖は先祖で亡霊ではない、という気持ちが大きい。そんな言い方は先祖への冒瀆だ、と不機嫌になってしまった。

それを千太郎が感じたのだろう、かすかに微笑んで、

「笹原さん、それはご先祖を馬鹿にしているのではありませんか」

「そうかもしれぬなぁ。だが、私のなかではどうにもそれ以上の思いを抱くことはできぬのだ、困ったことだとは思っているのだが」

「それならその考えをやめたらよろしい」

「ふむ……」

「考えが変わらないのは、自分がそう思っているほうが心地よいからでしょう」

「そのとおりであろうなぁ」

暖簾に腕押しとはこのことかもしれない。

いくら千太郎が言葉を選んでも、笹原の気持ちに変化が起きる気配はなかった。ついには千太郎も気持ちが切れてしまったらしい。

「では、花活けを探すのはやめましょう」

「それでもかまわぬ」

そのとき、いきなり障子戸が開いた。

「それはいけません！」

血相を変えて入って来たのは、三田村だった。

「なんだ、廊下で聞いていたのか」

「会話の中身を気にするのは、用人の勤めです」

「いつもいつも律儀(りちぎ)なものだが……」

その後の言葉を笹原は飲み込んだ。

迷惑だとでもいいたかったのかもしれない。

その気持ちに三田村も気がついているのだろうか、どこか達観したような顔つきだった。

千太郎は、ふと弥市に目を送った。

「親分からなにか訊きたいことはあるかな」

弥市は、へぇと答えてから、こんな人にはなにを訊いてもまともな返事はもらえないのではないか、と感じる。

だからといって、このまま戻ってしまったのでは、訪ねた意味がなくなる。

「大変、失礼な話ですが、舞姫さまは柿田小一郎さまとの縁談をどうお考えなのか、それを教えてもらいたいと思いますが、いかがでしょう」

笹原は、どうしてそんなことを訊くのか、という目つきだったが、

「舞姫か。まぁ、それほど嫌がっているふうではないが、だからといって歓迎しているようでもない」

「はぁ」

それでは返事になっていない。

だが、それ以上追及するのは憚られた。当の舞姫に訊いたほうがいいのかもしれない、と思い直して、

「あのぉ、舞姫さまはいまどちらへ」

「出ておる。どこに行ったのかは私は知らぬ」

そういうと三田村に目線を送った。知っているかと目で問うていた。

「おそらく、お芝居でも観に行ったのではないかと思います」

慇懃に三田村が答えた。その顔はあまりうれしいという雰囲気ではない。むしろ困り切っている目つきであった。

「またか……」

何度も芝居見物に出かけているのだろうか。旗本の姫様がかってにそんなところに出入りするのは、あまり褒められた話ではない。

どうやら娘にも、笹原治部の力は及んでいないらしい。これでは本気で花活けの在処を探す気が失せてしまう。

その気持ちを汲んだのだろう、千太郎はすっくと立ち上がると、

「邪魔をした」

笹原に礼をした。三田村の前を通り過ぎるとき、ちらりと目線を送った。そのとき、三田村の目に千太郎に対して畏れを抱くような光が差したことに、弥市は気がついていた。

三

その頃、由布姫は柿田家をひとりで訪ねていた。花活けを盗んだのは柿田の者ではないかと、疑っているからだった。

今日の由布姫はいつもの町娘姿ではなかった。

なんと男装をしているのである。前回襲われたときに、小太刀をもっていなかったという反省からだった。

いつもう一度、自分が襲われぬとも限らない。小太刀があればなんとか戦うことは

できる。

　この前は、町娘の格好をしていたために、思う存分戦うことができなかった。

　お志津を助けることができなかった……。

　その思いは、強く由布姫の心のなかに残っていたのである。

　いま、柿田清太夫を前にして由布姫は、若衆髷に触れながら、

「あなたがやったのですか」

　柿田清太夫は、不満そうな顔つきである。

　いきなり誰か訪ねてきたと思ったら、男装の娘である。その態度はどこか他人を排除するように高飛車である。

　娘でなければ、追い返していた、という目つきで由布姫をジロジロ眺める。好色そうな雰囲気に包まれている。

「なにをいいたいのか、さっぱりわからぬのだが、どういうことであろうか」

「笹原家の花活けです」

「それがどうしたというのだ」

「盗まれましたね」

「私が盗んだというのか」

「違うのですか」

「まったくもって不愉快千万な話だ。どうしてそのようなでまかせが飛び交っているのか、まるでわからぬ」

「当然でしょう」

清太夫は、ふんと鼻を鳴らして、

「いい加減にしてほしいものだ」

「こちらのご子息が、笹原家の舞姫に懸想(けそう)したそうですね」

「本人同士の話ではないか」

それがなんの関わりがあるのか、といいたそうだった。最初は、娘だと侮(あなど)っていたに違いない。だが、由布姫の舌鋒(ぜっぽう)が揺るぎないことに、驚いているのは間違いない。

由布姫が言葉を発するたびに、目をぱちぱちする。驚きと迷惑と困惑が交じり合っている。

由布姫は、押し込んでいく。

「小一郎さんが舞姫にやさしいことばをかけてもらえずに、いやがらせをしたのではありませんか」

「だから、どうしてそんな馬鹿な話になるのだ」

「違うのですか」

「まったくもってホラ吹きがいるとしか思えぬ」

「イヌワシという手段を知ってますね」

「はて、なんだそれは。いままで聞いたこともない言葉だ」

「惚(とぼ)けるのは、おやめなさい。私を襲わせたのはあなたですか」

「あなたを襲ったとはどういうことだ」

「殺されかけたのです。そして私のお付きが斬られてしまいました」

「まったく、意味不明の話を先程からされているようだが、そもそもあなたはどなたなのだ」

　由布姫はいきなり柿田家に乗り込んで、名も名乗っていない。

「娘さんだからと思って、我慢していたが、襲ったの、花活けを盗んだのとまったく身に覚えのない話を続けられたのでは、温厚な私としても、黙っていることはできぬ」

　自分で温厚とは片腹痛い。

　怒りの言葉を発するたびに、由布姫の男髷が揺れる。

　初めは好色そうな目つきで由布姫を見ていた清太夫も、さすがにそんな気持ちは吹き飛んでしまったらしい。不愉快そうな顔をしているだけである。

確かに、由布姫は自分でも脈絡のない話をしていると、すこし冷静になった。

花活けを盗まれた話と、自分たちが襲われたできごとでは、話の中身が異なる。それを一緒に話してしまったのは、失態だ。

「……失礼いたしました。私は、十軒店にある梶山という人形店に関わりのある者です」

「関わりがあるとは、なんだ」

「文字どおりです、そこの娘が斬られたのです」

驚かせることで、由布姫自身の正体を曖昧にさせた。

「斬られたとは、誰がです」

「ですから私の知り合いです。ずっと一緒にいた仲間というより姉妹のような人でした」

お志津を思い出して、由布姫の心は沈む。

そんな由布姫の姿を見ていた清太夫は、怪訝そうな目になって、

「あのぉ……あなたさまは武家娘でしょう」

「……それがどうかしましたか。こんな姿をしているのですから、そう考えるのは当

然ですが」

　涙すらうっすらと浮かんでいた。

「あなたのような人でも涙は流すらしい。それは感動する話ではあるのですが、こちらとしては、花活けに関しても、あなたのご友人が斬られた話にもまったく関わりがないと申しております」

　いつからか、清太夫は由布姫に対して敬語に変化した。

　それだけ由布姫の佇まいに清太夫の心を惹く力があるに違いない。なにしろ、御三卿田安家ゆかりの姫だ。

「あなたがどこの誰かは知りません。また知る必要も私には感じることができぬ。だから、このまま引き取ってくれませんか」

「話を有耶無耶にするつもりですか」

「ですから、当家はまったくあなたの話には、髪の毛ほども関係はないと申しております」

　背筋を伸ばしたその姿は、嘘をついているようには見えない。

「では、小一郎さんにお伺いしたい」

　じろりと清太夫は由布姫を睨むと、それ以上の応対はする気がない、と立て膝にな

って、

「では、失礼いたす。これ以上話をする気持ちはありません。お帰りください」

すっくと立ち上がって、清太夫は部屋から外に出て行ってしまった。

「私の命が欲しければ、また襲いなさい！」

むなしい叫びであった。

残された由布姫としても、いつまでもここから動かずにいるわけにはいかない。力なく立ち上がるしかなかったのである。

柿田家を出ると、秋の風がことさら冷たく感じられた。男装が珍奇に見えるのか、盤台を担いだ魚売りが、足を止めてこちらを見ていた。

清太夫には、まったく相手にされなかった。

不愉快そうな顔はしていたが、追求されたからといって、尻尾を出すような男ではなかった。

最後に叫んだ言葉は、なんとかこちらを向かせようとした科白(せりふ)だったが、効果はなかったらしい。

だが、気持ちは本当だった。

もう一度襲ってきたら、きっちりと戦ってやる。そうしたら敵の正体がわかるかもしれない。

すべてが判明しなくても、敵はなにを狙っているのか、その糸口くらいは見つけることができるだろう。

由布姫の命なのか、それとも千太郎の命か。

あるいは、それを目眩ましとして、目的は他にあるのか。

イヌワシの正体はなにか。

いまは手がかりがほとんどないといってもいい。

この状態から抜け出すには、少々の危険も覚悟の由布姫であった。

もちろん、その後の道々、誰も襲ってくる者はいなかった。

四

それから数日過ぎたが、目新しい事件も騒動もなにも起きてはいない。

柿田家からも、由布姫が乗り込んでからは、縁談の話も進めようとはしてこないらしい。

笹原家も、相変わらず花活けについては当主がその気にならないのだから、動きようがない。三田村だけが気にする言動が目立つくらいだった。

迷宮に入り込んだような思いで、いま弥市と南町見廻り同心、波村平四郎のふたりは、矢ノ倉加十郎を見張っていた。

月番が異なるから、矢ノ倉がどんな動きをしているのか、はっきりと知ることはできないが、波平の知り合いに北町の与力がいた。

太田川新次郎という吟味方与力である。

だいぶ前に、月番が変わるとき、ある盗賊一味を吟味をする際に、人名やら住まいやらを教えて、いろいろと便宜を図ってあげたのである。

もともと波平は、それほど手柄というものに対して貪欲ではない。

「江戸の町が平安であれば、誰が手柄を上げようと問題ではない」

という気持ちなのだ。

だから、いざというときに同輩の見廻り同心に手柄を横取りされるような場合も、たびたびある。

弥市はそれが歯がゆいと感じるのだが、

「なに、あまり手柄を立てると悪党どもに睨まれる。そうなると、探索がしづらくなるではないか」

ときには悪党も利用することがある。

「蛇(じゃ)の道は蛇(へび)だからな」

そのためには、あまり名を挙げないほうがいいのだ、というのが波村平四郎の口癖なのであった。

「矢ノ倉さんもあまり腕こきという雰囲気ではなさそうですねぇ」

弥市が、薄笑いをするが、波平は違うという顔をする。

「能ある鷹は爪を隠すのだ」

「旦那のようにですかい」

「俺は、そんな才覚など持ってはいねぇよ」

「またまたご謙遜を」

「こら。手札を取り上げるぞ」

「へへ、それはご勘弁」

戯言(ざれごと)を語り合いながら、ふたりは矢ノ倉の動向を窺っている。

矢ノ倉はいま、両国を歩いているところだった。矢ノ倉という同心は、あまり縄張りというものを意識していないらしい。気の向くまま、東へ西へと江戸の町を歩き回っている。

もっとも月番ではないため、本来の日本橋界隈の縄張りから、外を歩いて江戸の町をさらに把握しようという意図があるのかもしれない。

考えてみたら、釜吉の女であるお安が働いている奥山に姿を現したのは、江戸市中の道を知ることができるからだ、という理由をつけられたら文句をいうことはできない。

あのときは、非番だから足をここまで伸ばしたのだ、というような意味の言い訳をしていた。

一見、そんな行動もありそうだが、釜吉には誰か後ろ盾がいるらしい。それが矢ノ倉だとしたら、

「少々の小悪党を働いても、ほとんどもみ消してもらいますぜ」

弥市が疑うのは、もっともな話だ。

「矢ノ倉の足さばきを見ろ」

波平にいわれて弥市は、目を凝らした。

両国橋を右に見て、矢ノ倉は回向院のほうへと歩いて行く。

月番ではないからだろうか、黒羽二重の羽織姿ではない。藍色の小袖を着ただけの

着流しである。

　その後ろ姿はスッキリしていて、なかなかいい男の部類に入るだろう。その証（あかし）にときどき水茶屋の女たちが外に出て来て、矢ノ倉に声をかけていた。

　顔見知りなのか、それともただ客として入ってほしいのか、そこまでは判断はつかないが、いずれにしても、娘たちが放っておかない部類の男らしい。

「あれは剣術をしっかり学んでいる歩き方ですかね」

　弥市に剣術の目利きはできないが、歩く姿に隙のないことはわかる。

「おそらくは神道無念流（しんとうむねんりゅう）」

「へぇ、そんなところまで気がつくなんてぇのは、やはり波平の旦那もただものではねぇ」

「おだてるな。俺と同じ道場に通っていたことがあるから、知っているだけだ」

「なんだ、そうなんですかい。え？　では旦那と矢ノ倉は道場仲間ですね」

「いや、矢ノ倉はすぐ道場を移ったから、一緒に腕を磨いたことはあまりないのだ」

「それは残念でしたねぇ。もし兄弟弟子（でし）だったら、もっと野郎のことを知ることができたのに」

「確かになぁ……だが、いま考えても矢ノ倉という男はどんな剣を使うか覚えておらぬのだ。一度や二度は手合わせしたことがあるはずなのだが、ほとんど覚えていねぇ」

「それは不思議ですねぇ」

「以前から、奇妙な雰囲気を醸し出している男ではあったからなぁ」

「そうなんですかい」

そうこうしている間に、矢ノ倉は回向院のなかに入って行った。

慌てて、ふたりは追いかけたが、境内に入るわけにはいかない。奴を尾行していることがばれてしまう。

「外で待ちましょう」

弥市の言葉に、波平も頷いた。

天候が急に変わったのか、暗くなった。雲が出て来たのだ。小さな雨も降り落ちてきた。

弥市は空を恨めしそうに見上げる。一方、波平はじっと回向院の入り口から目をはなさずにいたが、

「おかしい」

「へぇ、おかしな天候ですぜ」

「そうじゃねぇ。矢ノ倉はどこに行った」

「回向院のなかに入って行きましたが」

「どうもまかれてしまったらしい」

「まさか。お参りでもしているんじゃありませんかねぇ」

「違うな。勘だが奴は、回向院からはすでに外に出ている」

「誰も通っては行きませんでしたがねぇ」

「裏から出たんだ」

「裏道なんぞありましたかねぇ」

のんびりしながら弥市が答えていると、

「すぐ両国橋の前まで行け」

「へぇ、合点ですが、旦那は？」

「なかに入って探してみる。早く行け！」

どうして橋の前にいろといわれたのか、理由がわからずウロウロしていると、またどやされ、両国橋の前まで雨を縫うほどの速さですっ飛んでいった。

波平は、ゆっくりと動きながら境内に足を踏み入れていった。

「どこにいる……」

やはり矢ノ倉はただの同心ではないのかもしれない。あの日、釜吉に会いに来たとしたらその目的はなにか。

あるいは、本当にたまたまあの春という茶屋に入って来たのか。

はっきりしないから余計気になる。

疑心暗鬼かもしれない、とは思うがこのままでは、先に進めないだろう。千太郎も話を聞いただけで、矢ノ倉は怪しいと睨んでいるのだ。

あの人の推量は、ときとして突飛(とっぴ)すぎることもあるが、あの勘の鋭さは本物だと、波平は信頼しているのだ。

と――。

矢ノ倉の姿がこちらに向かって来たではないか。

「ふたり連れだ……」

女が一緒だった。女は傘を差してふたりは相合傘であった。

どういうことなのだ、と波平は思わず身を隠した。そばにある大きな木の陰に隠れた。

ふたりが波平の前を通り過ぎて行く。

どこかに逃げたと思ったのは、考え過ぎだったのか。

「突然の雨に、傘をすまねぇな」

矢ノ倉が女に話しかけている。たまたま一緒になったように聞こえる。

大きな木の前に来たとき、矢ノ倉はちらりとこちらを見た。慌てて、姿を木の陰に隠したが、ばれたかどうかまでは判断できない。矢ノ倉も、取り立てて不審そうな目つきではなかったからだ。

だからといって、まったく気がついていなかったとは思えない。

「奴は確かに逃げようとしたはずだ」

気配だけだったが、波平は自分の勘に自信があった。

おそらく、矢ノ倉は女に声をかけられて波平たちをまくのをやめたのだ。まいても女がついてくると感じたのだろう。

それにしても、あの女は誰なのだろう。

いままでの流れのなかには出て来たことのない顔だ。

新たな展開が生まれるのだろうか、と波平は気合を入れ直す気分だった。

矢ノ倉と女はひと言ふた言交わしただけであとは会話を交わしてない。

波平は、女が気になって目を凝らした。

武家娘ではないだろう。

町娘ではあるが、素人でなさそうだった。小首を傾げながら話しかける格好などは、男の心をくすぐる。堂に入っているのだ。

女は矢ノ倉を見廻り同心と知っていて近づいたのか、どうか。

そのあたりは、会話が聞こえてくるわけではないために、はっきりしないものの、朴念仁に見えていた矢ノ倉だが、思いの外、女にも如才がないことがこれではっきりした。

回向院から外の通りに出ると、女はかすかに頭を下げて矢ノ倉から離れていった。境内から外に出るまでの間に、どんな会話を交わすことができたのだろう。

別れた矢ノ倉は、橋の前にいる弥市がなんとかしてくれるだろう。

そう考えて、波平自身は女の後をつけていくことにした。

女は、両国の広小路に向かう。

大きな店のある通りを慣れた足取りで進んでいく。そこから推量してみると、このあたりに勤め先があるのではないか。

広小路の真ん中あたりに着くと、丸太が組まれた水茶屋があった。

女はその店に入っていった。

波平は、女の人相をしっかり覚えて、そばにあった自身番に入った。

のんびりと会話を交わしている町役らしき中年の男に、あの水茶屋について訊いた。

このあたりには、水茶屋は一軒しかないという。さより、という女が評判の店だという。さよりという女の人相と、波平がいままで尾行してきた女の人相を比べる。

耳が大きく、その下に小さなほくろがある。

「それなら、さよりさんだ」

あの女が店の看板娘だと町役は答えた。

「なかなかいい女ですよ。ときどき、遊び人ふうの男が来ていますがね」

「どんな男だ」

「いつだったか、釜吉さんと呼んでいたようだったがなぁ」

「釜吉だと！」

思わず勢い込んだ。町役は一瞬、身体を引いて、

「へぇ。それだけではありませんや。あの女には、八丁堀もついてます」

「なんだって！」

またまた大声を出した波平に、町役はさらに体を後ろに反って、

「北町の矢ノ倉様だと思います」

「まさか……」

矢ノ倉、釜吉。そしてさよりという茶屋女。

この三つ巴は、どうなっているのだろう。

いずれにしても、釜吉と矢ノ倉がさよりを挟んで、なんらかの繫がりがりがあると判明した。

「で、あのさよりというのはどんな女だ」

「どんな、といわれましても……生まれは上総国富津と聞いています。漁師の娘で妹と弟がいて、働いた金子はそのふたりに送っているという話でしたが。なかなかの働き者ですし、あの店も人気がありますよ」

しかし、水茶屋の働きだけで家に仕送りができるほどの収入があるとは思えない。それに、さよりが着ている小袖は、木綿ではなかった。前垂れをしている姿で絹を着ているとは、普通ではない。

人気商売だけに、そのようなところで抜きん出ようとしているのかもしれないが、それにしても、どこか違和感がある。

「いずれにして釜吉と矢ノ倉が繫がった……」

裏でなにかあるのは間違いない、と波平は確信するのだった。

しかし、それとイヌワシとの兼ね合いはどこにあるのか。それともまったくの当て外れなのか、それはいまはまだ霧のなかである。

五

波平が、自身番を出ると、

「おやぁ？」

店に誰か男が入っていくところだった。

顔を見ると、右頬に痣があるではないか。さすがに傷は癒えているようだったが、青くなった部分はまだしっかり残っている。あきらかに誰かに殴られてできたか、あるいはなにかが当たってできた痣に見える。

「釜吉か……」

波平は、肩に力が入る。

ここで釜吉と出会ったのは、百年目。やつを捕縛して花活けについて聞き出そうと、決心する。

「ちょっと待てよ」

また思案した。

このまま奴を尾行していけば新たなる展開が見られるかもしれない。矢ノ倉と会うかもしれないし、またはイヌワシとなにか関わりのある出来事に会えるかもしれない。

釜吉は一度店のなかに入っていったが、すぐ出て来た。さよりは店に出ているのだが、会話を交わした気配はなかった。となると、誰かを探しに来たのではないか、と予測がつく。

「これはますますおもしろくなったぞ」

波平は、釜吉をつけることに決めた
釜吉は、せかせかと足を動かしながら、両国橋の方向へと進んでいく。

両国の広小路は元来は火除地だ。そのために、葭簀張りの店が多い。そんな通りを釜吉は、一心に歩く。

ときどき頭を傾げる仕種をしているのは、なにか思案しているからだろう。その顔は、深刻な雰囲気であった。だから、さよりと会ってもあまり話をせずに出て来たのではないか。

波平は、そう考えた。

――となると、これから誰かに会いに行くはずだ……。

心のなかで、推理する。

目当ての者がいなかったのだとしたら、いまそいつがいそうな場所に向かうのではないか。それが人の心の動きだろう。

釜吉は波平につけられていることなどまったく気がついてはいないらしい。考え事をしながら歩くから、目を下に向けている。

そのせいで、周囲には気が回らないのだ。

と、釜吉が横丁を曲がった。

遅れてはいけない、と波平もすぐ追いかける。

「おや？」

それほど離されたとは思えぬのだが、横道に入った瞬間、釜吉の姿が消えていたのだ。どこに行ったのか、と波平は周囲を探ってみる。

横道には町家が並んでいるだけで、潜めるような建物などもない。潜戸を入ってしまうような武家屋敷もない。

「おかしいぞ」

ついそんな気持ちが口をついて出る。

「どうしたんだ、気づかれて、どこかに隠れたのか」

そんなふうな動きはまったくなかったはずだ。

波平の尾行がばれるとは思えない。

だとしたら、どういうことか。

どこか盲点があるのだろう。

もう一度、周囲を見回してみると仕舞屋（しもたや）があり、そこに小さいながらも前庭が見えていた。垣根は綺麗に刈られているのだが、その後ろに、なにか黒いものが見えている。

犬が繋がれているのだろうかと思ったが、吠え声は聞こえないから、犬ではないだろう。

おそるおそる垣根を分け入ってみると、

「な、なんと！」

そこに倒れているのは、釜吉だったのである。白目を向いて、体がぐにゃりと曲がったような形で倒れていた。

思わず、抱き起こしてみた。だが、すでに息は止まっている。首筋に、小さな穴があった。そこに錐（きり）のような刃物を差し込まれたのだと思えた。

「どうして、釜吉が……」

殺されてしまったのだろうか。

これは、ますます迷路に入り込んでしまった、と波平は釜吉の亡骸を前にして、大きく肩を動かした。それでも頭は止まっていない。

こうなったら、釜吉の塒を探ってやろう……。

幸いなことに、まだ誰も釜吉が殺されたことを知らない。先んずれば人を制すだと波平は、立ち上がると垣根から離れて、すぐ先ほどの自身番に向かった。

横道を曲がった仕舞屋の垣根の裏に、亡骸があると告げてから、さよりの店に向かった。


店には、さよりがいた。

客も数人いたが、波平の格好を見たら、町方だとは誰もが気づく。女を呼びつけても誰も不服はいわない。そばによってきたさよりに、

「釜吉が殺されたぜ」

「……な、なんですって？」

女は、まだ話にピンときてないのだろう、口を小さく開けているだけだ。

「そこの横丁で、釜吉が死んでいる。いま自身番に教えたから、すぐこのあたりの御用聞きか、同心がやって来るはずだ。その前に、おめぇさんに訊きてぇことがあるん

だ」

「なんでしょう」

「釜吉の塒はどこだ。早くいわねぇと殺された証拠を消されてしまうかもしれねぇ。釜吉はこの店の客だろう。仇を討ちたければ釜吉がどこに住んでいたのか、教えるんだ！」

最後は、半分脅しになっていた。

弥市からは、釜吉の塒は連雀町だと聞いてはいたが、詳しい場所は聞いていない。早くしろと波平の再度の脅しに、さよりは、

「私と釜吉さんはおかしな仲ではありませんよ」

「そんなことは、どうでもいいんだ。とにかく塒を教えろ！」

しようがない、というふうにさよりは息を吐いて、

「釜吉さんが住んでいたのは、連雀町の猪熊長屋です。猪熊がいるんだと自慢げに喋っていました」

「あぁ、そうだったか……」

猪熊長屋といわれて、弥市がそんな話をしていたと思い出す。

だが、その猪熊長屋の場所までは定かではない。

できた。

「詳しく教えてくれ」

「釜吉さんが自慢気に教えてくれましたから、よく覚えています」

さよりに、長屋の場所を詳しく聞いて、波平は駈けだした。

連雀町は、神田川沿いだ。

猪熊長屋は、さよりから聞いた話と、近所の自身番に訊ねてすぐ見つけることができた。

釜吉の塒は、心張り棒もかかっていず、すぐなかに入ることができた。

土間から上にあがって部屋を見回した。

「花活けを盗んだのが、釜吉だとしたら、この部屋のなかにあるはずだ」

誰かから故買屋などに売られたという話は入ってきていない。釜吉も馬鹿ではない。

そんな足のつくような真似はしないだろう。

「としたら、ここにある」

確信を持って探してみた。

竈（かまど）の周囲から水甕の周り。そして、部屋の奥にどんと積んである布団の陰から柳ごうりまでさらってみた。

「あった……」

柳ごうりのなかに、無造作に横になっていたのである。

大騒ぎをして盗んだにしては、乱暴な扱いである。もっとも笹原家にとっては、家宝の代替かもしれないが、釜吉にしてみると二束三文のしろものだ。そんなものを大事にしているはずがない。

波平は、どういうことかとその場に佇み続けていた。

六

波村平四郎は、すぐ笹原家に伝えず、見つけた花活けを持って千太郎を訪ねていた。そのまま笹原家に届けるのが果たして正しいのかどうか、波平には判断がつかなかったからだ。

それだけ、この花活けが盗まれた過程はどうにもはっきりしない。

第一、どうして釜吉がこんな金にならないものを盗もうとしたのか。

イヌワシとの関わりはあるのか、ないのか。

そもそもイヌワシが十年ぶりに活動を始めたのはなぜか。

イヌワシを騙(かた)る偽者かもしれない、と波平は考えてもいるのだ。

「こんなものを盗んで、釜吉はなにをしたかったのでしょう」

もともとは片岡屋の蔵に眠っていた花活けである。千太郎にいわせると、たいしたものではないらしい。このような陶磁器には、まったく知識のない波平でも、安物とわかる。

「矢ノ倉が釜吉と密かに会っていたのは、間違いない事実です。それは両国のさよりからも証言は取れています」

だが、矢ノ倉が直接手を汚して、事件を起こしたという証拠はない。

第一、笹原家と矢ノ倉に関わりがあるのか、ないのか、それすらも判明していないのだから、どうにもならない。

「それにしても、どうして釜吉が殺されたのでしょうねぇ」

波平はそれが不思議だった。

弥市も口を尖らせて、千太郎の返答を待ちながら、どうにも気に入らねぇ、と同じ科白ばかりを吐き続けている。

「千太郎の旦那、どうなってるんですかねぇ、今度の事件は」

「ふむ」

縁側に寝転がったまま庭を見ている千太郎は、まだ一度も言葉を発していない。

由布姫が柿田家に突入してきた、と話してから不機嫌になってしまったのだ。

「どうしてそんな勝手に危険なことをするのだ」

そういうと、ごろりと寝転んでしまったのである。

鳥の姿は見えない。

秋の庭には、長い影が差し、風も少し肌寒くなっていた。また雨でも降りそうな空模様である。同じように千太郎の天気もよくない。

「旦那……なんとかいってくだせぇ」

弥市が千太郎の気持ちをほぐそうとするが、うんともすんとも返事はないのだった。

そんな千太郎を見て、

「こうなったら、てこでも動きませんよ」

由布姫が呆れている。

自分の行動が千太郎を怒らせてしまったとわかってはいるのだが、由布姫としても、お志津が斬られてしまった理由を知りたい一心でおこなったことである。怒られても謝る気持ちはないらしい。

ふたりが喧嘩をするのは珍しい。

そのため弥市も波平もどう対応したらいいのか困り果てている。いままでに経験がないだけにあたふたしているのである。

「旦那、とにかく釜吉が殺されてしまって、花活けを盗んだ理由がこれで闇のなかになってしまいました」

弥市が、なんとか千太郎の気持ちをこちらに向けようと話しかける。

「矢ノ倉との繋がりも判明したんですが、そのふたりがなにを狙っているのか、それも探らねぇといけませんやねぇ」

ようやく、千太郎はちらりと弥市を見た。

その目にはまだ由布姫に対する怒りの熾き火が残っているが、少しは鎮火し始めているらしい。千太郎にしても、いつまでもふてくされていても、解決から遠のくだけだと気がついているのだ。

しようがない、と呟いてようやく千太郎は体を起こした。

「鳥も枯れ木に二度とまる、か……」

「なんです、それは」

弥市が怪訝そうにする。

「たいしたことではない。まぁ、気になる餌があればもう一度鳥もそこに戻って来る、というような意味だ」

「ははぁ。それでやっと花活けに関する考えに戻るというわけですね」

波平が、念を押した。

「まぁ、そんなところだ」

由布姫をじろりと一度見てから、波平に顔を向けて、

「やはり今度の敵は一筋縄ではいかぬな」

「どうしてです？」

弥市が口を尖らせながら訊いた。

「花活けが簡単に見つかったのは、なぜだ」

「それは……釜吉がたいして大事なものだと思っていなかったからでしょう」

答えたのは、波平だ。

「違う。簡単に見つかったのはようするに花活けを盗むのが目的ではなかったという意味ではないかと思うのだが」

「ははぁ……」

そういわれてみたら、釜吉がわざわざ盗んだものをあんなに簡単に見つかるところに隠していたのは、解せない。隠していたというよりは、ただ、仕舞っていたというほうが正確のような気もする。

それほど、柳ごうりのなかで無防備な姿であった。

つまり、花活けはそれほど重要ではなかった、ということになる。

「それは、偽物だからではありませんかねぇ」

弥市は、そこが気になっているのだ。

「それもあるかもしれぬが……波平さん、イヌワシについての噂はどうかな」

「それが、まったく聞きません。十年前から天に揚がったか地に潜ったか、まったく毛ほどの噂もありませんでした。同輩たちにも訊いてみたのですが、そんな名前は久しぶりに聞いたとか、忘れていたという者ばかりです」

ううむ、と背中を柱にもたれさせながら、腕を組んだ千太郎は、目をつぶってしまったが、すぐ見開いて、

「よし、直接当たってみよう」

「誰にです？」

「矢ノ倉だ」

その名を聞いて波平と弥市は顔を見合わせる。

「そんなことをしていいんですかねぇ」

弥市が首を傾げる。

「わからぬことは、その相手に直接訊いたほうが速い」

「でも、どう訊くんです」

波平も、それはいい案かどうかわからぬという顔つきだ。

矢ノ倉も北町の定町廻り同心だ。簡単に話を仕掛けて、落ちるとは思えない。それに尾行をまこうとした回向院での出来事が、波平の頭に残っている。ただの同心ではないのは確かなのだ。

「なに、だからこそ穴があるというものだ」

「穴があるとはなんです」

「そのような男は、自信満々で相手を馬鹿にする。そうすると、自分の盲点に気がつかぬ」

「盲点……」

波平は、奴の盲点はなんだろう、と呟いた。

「さよりであろう」

あっさりと千太郎が答えた。

「しかし、あのときさよりと矢ノ倉は、それほど親密のような気配はありませんでしたが」

「それは、奴の目眩ましにかかってしまったのだ」

「はて、それはどのような」

「波平さんがつけているのを矢ノ倉は知っていて、わざと会話を聞かせたのさ」

「むむ、む。それは私を騙したと」

「もちろんだ。おそらくさよりと矢ノ倉は、最初から回向院で会う約束をしていたのだろう。だが、よけいな者が後をつけてくる。そこで、ふたりはそれほどの仲ではないように見せかけるために、わざと波平さんの前で話をしたのだ」

「ということは、あのふたりは以前から、だいぶ前からの知り合い、ということですか」

「そう考えたほうがしっくりくる。まぁ、これもあてずっぽうではあるのだが。だから、どうせなら本人に訊いたほうが速い」

　波平は、唸り続けながら、

「では、さよりに訊いたほうがいいのではありませんか」

「いや、さよりはいま頃はどこかに隠れているはずだ。それとも江戸を離れたかもしれぬな」

「どうしてです」

「さよりの役目が終わったからだ」

「役目とは……あ、釜吉を殺す……」

慌てる弥市に、千太郎はまさかと答えて、

「矢ノ倉は、あの釜吉と会う約束をしていた。だが、波平さんの尾行に気がついた矢ノ倉は、さよりを呼び出して、ふたりが偶然会ったふうに装った。おそらく釜吉も後で回向院に来る予定ではなかったかと思う。釜吉は一度回向院に行ったが、矢ノ倉の姿はない。そこで、さよりの店に確かめに行ったのだろう」

「ははぁ、だから釜吉の野郎は、どこかぼんやりしていたんですね。あれは約束の場所にいなかったためだったのか」

「釜吉はさよりに訊いたら、矢ノ倉の居場所がわかると思って、店に行ったのだろう」

「そう考えると、平仄が合います」

波平は頷いた。

「まぁまぁ、いまの話はすべて憶測でしかない。まったく見当違いかもしれぬから、あまり感心されても困るのだ。だからこそ、矢ノ倉に会って話を訊いて来よう」

千太郎は、由布姫を見て、

「行ってくる」

とだけ告げた。

由布姫は、どうぞとこれも冷たい返答である。

いつまでそんな冷たい戦いをしているつもりか、と波平と弥市は心の底で思っているが、口に出すのは憚られた。訊いたところで、ふたりにどやされるだけである。

片岡屋を出た千太郎は、八丁堀に行くことにした。

役宅に行けば、波平や弥市が知らぬ別の矢ノ倉加十郎という人となりを聞けるかもしれない。

上野山下から大川に向かい川沿いに南下する。

そこから日本橋を渡って通町(とおりちょう)、駿河町(するがちょう)など江戸一番の商人街を進んだ。

と——。

途中から、不思議な気配が後をつけてくることに千太郎は気がついた。

「誰か……」

大川沿いを歩きながら、気配を感じ取ろうとするが、

「これは……強い」

ときどき殺気を感じるが、いままでに戦ったことがないほど、その殺気は強烈だった。誰がその気を発しているのか、判断できなかったのである。

ちらちらと後ろを見る。侍がふたりで歩いている。

また、横に目を向ける。若い娘が周囲の店に気を取られながら歩いている。

歩いている者のなかにその殺気の発信者がいるのかどうか。

「わからぬ……」

さすがの千太郎も、冷や汗が出る思いだ。

川風が冷たく、水面を這うように流れ、それがふぅっと上がってきて、体にぶつかる。その風と同じように、殺気がときどき流れてくるのだ。

「このままでは、こちらが斬られる」

千太郎は、覚悟を決めることにした。

こんなときは、待つほうが疲労する。それなら先んじたほうがいい。

「どこかに誘い込んでみるか……」

周囲を見回したが、都合のよさそうな場は見つからない。

しばらく川端を歩き八丁堀が近くなったところで、

「ここだ……」

小さな路地を見つけた。

道は直線だが、その先に小さな広場が見えている。

こんもりとした森のようにも見えるから、鎮守かもしれない。そこなら誘い込んで戦うことができるだろう。

「ついてこいよ……」

心で呟きながら、千太郎は路地を進んでいく。

殺気は、一度消えかけたがすぐまた戻った。

由布姫が一緒だったら、その殺気がお志津を斬ったときのものと同じと気がついただろう。

直線を進んで、森の入り口に着いた。

「来い！」

千太郎は、駆け足で森のなかに飛び込んでいった。

後ろからは誰も追いかけてはこない。

それでも、確実に殺気は飛んでくる。

「来ぬか……」

森のなかを駆け抜けながら、誰とも知れぬ敵を待つ恐怖と千太郎は戦っていた。

第四章　動く標的

一

そよと秋風が吹いた。
周囲を囲む木々の葉擦れの音が不気味だった。
かすかな木漏れ日は弱く、それほど森のなかを照らしてはいない。
「来るか……」
千太郎は、呟きながら右手で刀の柄を握っている。
鯉口はすでに切ってある。
敵の姿が見えたら、すぐ抜き打ちに出る態勢だった。
こそり。

土の上に重なっている病葉（わくらば）が風に動く音だろうか。
それとも人が踏んだ音か。
心の臓の高鳴りが聞こえてきそうなほどだった。
「強い……」
これほど気配を消して近づく相手とは戦ったことがない。
敵の姿がまったく見えないのは、恐怖心を増長させる。
ふぅ。
小さく息を吐いた。
同時に肩の力を抜く。
重心を丹田（たんでん）に置いて、目を軽く細めた。
こんなときは、自分を他人の目で見たほうが、周囲も見えるのだ。
もちろん、比喩である。
だが、そうすることで視界が広くなった。
森全体が目に入り、そのなかに佇む自分の姿も見えた。
――どこだ……。
敵の居場所を全体のなかから探った。

前方、右、左。

そして、後方。

見えた！

「そこだ！」

三間ほど後ろの木の上に、敵の気配を感じた。

それは、かすかな殺気であった。

鳥がとまっていると間違うほどの小さな気がそこから千太郎に向けて発せられていると気がついたのだ。

すぐ体を反転させはしない。

動いたら、瞬間的に襲ってくるはずだ。

こちらに向けているかすかな気は、わざとである。

気づかせるための誘いだ。

千太郎が後ろを向いたと同時に、敵は木の上から飛び込んでくることだろう。

じりじりと足指を動かしながら、千太郎は後ろに体を向け始める。

一寸ずつの動きだ。

敵の気が小さく揺らいだ。

振り向くと思った予測が外れたからだろう。

これで互角になった。

いままで、敵が勝負を握っていた。

だが、敵の位置に気がつき、慌てずにいることで、敵は動きを封じられたも同然なのである。

「来るか……」

心のなかで、千太郎は呟く。

いや、まだ敵は動かぬだろう。

互角になった気配を戻して、元のように自分が優位に立とうとするはずだ。

「これで勝てる……」

小さく呟いた。

わざと声に出し敵に聞こえるようにしたのだ。

敵の気から落ち着きが消えた。慌てているわけではない。先の手段を思案しているために、乱れが生まれているのだ。

いまだ。

千太郎は、一寸の動きを急激に早めて敵が隠れている木の下まで駆け抜けた。

病葉を飛び散らしながら飛び込んだ。

そのほうが、音が拡散し敵の聴覚を塞ぐからだ。

敵はおそらく忍びだろう。

奴らは、目だけではなく耳でも敵の気配を感じて、そこから攻勢に出る術を知っている。病葉のガサガサという音で攪乱(かくらん)したのである。

千太郎が木の下に着いたとき、

「きえ！」

上から黒い塊が降ってきた。

「しまった」

塊は、敵の体ではない。小さな丸太だ。

敵は、最初からこうなると予測して丸太を抱えていたのだろう。千太郎はさすがにそこまでは推量できなかった。

とっさに前方に飛び込み、転がった。

どん。

二寸後ろで、丸太が落ちた。

丸太には五寸釘が突き刺さっていた。逆茂木(さかもぎ)のように、釘が出ていたのである。丸太が体に衝突していたら、その釘が千太郎の体に突き刺さっていたことだろう。
とっさに前方に転がったのは、間違いなかったということである。
上を見て、枝の間を探る。
すでに敵の気配は消えている。
「どこだ……」
別の木に飛び移ったらしい。
これだけの瞬時に、気配を見せずに移動できるとは、かなりの腕だ。
いままで一度も姿を見てはいない。
山下から千太郎をつけてきたとは考えにくい。
おそらくは、上野広小路を過ぎた頃か。
気配を感じたのは、そのあたりだからである。しかし、姿は一度も見せていない。
町人になりすましていたのか、それとも棒手振りか、侍か。
その誰とも、千太郎は気がつかなかった。
いまも、まったく姿は見ていない。
どれだけの手練なのか。これほどの腕を持つものがこの世にいたことが不思議である。

にやり。

千太郎は、笑った。

敵に見せるためではなかった。本当に微笑んだのだ。

「面白い……」

敵の正体はまったくわからない。想像もつかない。

まさか公儀隠密ではないだろう。

公儀に命を狙われるような、失態を犯した覚えはないからだ。

だが……。

公儀はどんな理不尽な理由を押しつけて来るか、それはわからぬ。とはいえ、いきなり命を狙うほど、強引ではないだろう。失態があったとしても、釈明の場はきちんと設けるはずだ。

そもそも、戦国が終わったばかりの寛永(かんえい)の頃ではあるまいし、すぐお家取り潰しなどはしない。そんなことをしたら、浪人だらけになってしまう。治安が乱れ、かえって公儀への風当たりは強くなる。

そよと風が吹き抜けた。

鳥の泣き声が聞こえだした。

敵の気配はすでに消えていた。千太郎を襲うのはやめたらしい。

「あれがイヌワシの実力か……」

聞きしに勝る腕である。

これでは、いくら由布姫が小太刀の名人だとしても、まともに戦ったら、勝つのは難しいだろう。千太郎もこれほど苦労したのだ。へたをしたら丸太の釘に刺されて全身穴だらけになっていたかもしれないのである。

武士の戦いかたではない。

だからこそ、危険が大きい。

花活けの件とはまったく関係のない敵がいると千太郎は確信する。

「まるで見えぬ敵……」

まったく正体が摑めないだけに、いらいらは募るのだが、ここで焦ってみたところで、どうにかなるわけではないだろう。焦りは、むしろ敵に後ろを見せてしまうことになる。

いつまでもこの森のなかにいてもしかたがない。

千太郎は、ここから出ることにした。

一応、気配を探る。どこで敵が待ち伏せしているかわかったものではない。あの腕を持っていたら、簡単に諦めるとは思えないのだ。

だが、敵は本当に消えていた。

どこからも、襲ってはこなかったのだ。

これもまた、普通の敵ではないと思える。

一度、丸太を落としただけで、自分から戦いを挑んでは来なかったのだ。そんな刺客がいるだろうか。

しかし――。

だから恐ろしい。

敵は、逃げる術(すべ)を知っている。

闇雲に戦いを挑んでくるほうが、敵としては楽だ。すぐ敵の正体が判明するからである。

今日の敵はそうではなかった。

自分が有利だった立場から落ちたと思ったら、あっさりと逃げた。

並の刺客ができることではないだろう。

森から出て、来た道を戻る。

一度、足を止めて周囲を探ってみたが、危険な匂いはどこからも漂ってはいなかった。

二

八丁堀に着くと、波村平四郎が待っていた。

千太郎が矢ノ倉に会いに行くのを知って、先回りをしていたのだ。

「なんだ、さっき見廻りに行ったのではなかったのか」

刺客に襲われた事実は黙っていた。よけいな心配をかけたくないからだ。もし、襲われたと知れば、由布姫はもっと気に病む。当分は自分の胸のなかに仕舞っておいたほうがいい。

そんな千太郎の頭のなかを波平は知らない。

「せっかくですからご一緒しようかと思いまして」

のんびりと答えた。

「それは心強い」

千太郎の言葉だから本当のことかどうかはわからぬが、当てにされたのは嬉しいのだろう、波平はにんまりする。

矢ノ倉の家は、敷地に小さな一軒家を建ててそこを医者に貸しているとのことだった。

同心が住む敷地は百坪ある。

貧乏同心たちはその敷地に小屋などを建てて、他人に貸している場合が多い。なかには畑として賃貸ししている者もいた。

訪いを乞うと、眠そうな声が聞こえてきた。矢ノ倉はまだ独り者だ。下男がいるが庭で冬用の薪割りをしているようだった。

出て来た矢ノ倉は、波平の顔を見ると、怪訝な目で、

「おや、波村さん、どうしたんです」

「こちらのかたが、矢ノ倉さんと話をしたいというので、お連れしました」

「へぇ……」

ぼんやりとした顔で突っ立っている千太郎を見て、矢ノ倉は不思議そうにする。

「どこぞの御大身さまですかねぇ」

見た目はうすのろに見える千太郎である。矢ノ倉は、そんなところから御大身の若さまだと推量したらしい。

「まぁ、そんなおかたです」

波平としても、それ以上の返答はできない。なにしろ、千太郎がどこの誰なのか知らないのだ。

「で、どんなご用でしょう」

訊かれた千太郎は、微笑みながら、

「なに、たいしたことではない。イヌワシという言葉を聞いたことがあるかどうか、それを知りたかっただけでな」

いきなり核心をついた千太郎に、波平は慌てるが、本人はにこにこしているだけである。

「イヌワシと……」

かすかに矢ノ倉の眉が動いたが、それだけで、

「以前、聞いたことがあるような気がするが、それがどうしたというのです」

波平に訊いた。あんたが連れて来たのだから、はっきりしてくれといいたいらしい。

だが、波平のほうが驚いているのだから、返答のしようがない。

「なに、波平さんには一度教えてもらったことがあるのだがな、矢ノ倉さんなら、なにかもっと深く知っているのではないか、と私が勝手に想像したまでのこと」

「それは、どのような理由なのでしょう。どうして私がそのイヌワシについて詳しい

と考えたのです」

「なに、ただの目利きの勘です」

「目利きの勘とは……」

「申し遅れました。私は上野山下の片岡屋というけちな書画刀剣、その他骨董などの店で目利きをしている者です」

「……片岡屋の目利き。どこかで聞いたことがありそうだが、あぁ、なるほど、近頃、山之宿の弥市という親分が入り浸っている骨董屋の目利きというのは、あなたのことでしたか」

「一度、お会いしましたな」

「はて、そのような記憶はありませんが」

「本当ですかな」

「初対面です」

「そうですか」

ふたりの間に、得もいわれぬ緊張感が漂っていることに、波平は気がついている。

――なんだこの殺気は……。

どこから発せられているのか、波平は千太郎と矢ノ倉の間に流れるなんともいえぬ緊張感に気がつく。

この殺気はふたりから出ているのか。

いや、違った。

千太郎は、殺気を出してはいない。

矢ノ倉加十郎の体から出されている気合いだ。

どうして、矢ノ倉がそんな気を出しているのか。

じっと立っているだけだが、矢ノ倉の体は微妙に揺れている。これは、敵の動きを測る術だ。

まさか千太郎が斬り込むとでも考えているのだろうか。

そんなことがあるはずない。

しかし、矢ノ倉の体から出ている気合いは、すさまじい。

この男の腕はこれほどだったのか、と波平は舌を巻いている。一昔前、同じ道場でほんの一時期学んだときには、凡庸な腕しか持っていなかったはずだ。

いつの間にこれほどの腕前を身につけたのか。普段は、ぼんくらと見られている矢ノ倉加十郎にこのような顔が隠れていたとは……。

波平は、背筋が寒くなった。

と——。

それまでの緊張がほぐれたのか、矢ノ倉から殺気が消えた。

どうしたのか、と波平は思案して気がついた。矢ノ倉は試したのだ。千太郎がどれだけの腕を持っているのか、どれほどの人物なのか、殺気を飛ばすことでその力を測ったのではないか。

そうだとしたら、いま消えたのもうなずける。

もしそうだとしたら、矢ノ倉とは何者だ。

ただの定町廻り同心にしては、あの殺気は普通ではない。下手人を捕縛するときの気合いとはまた異なるものだ。

あきらかに、人を斬ろうとするときに出る力ではなかったか。

同心仲間は、矢ノ倉のことを見誤っている。

「ところで矢ノ倉さん」

いま浴びたはずの殺気をまったく感じなかったような雰囲気で、千太郎が話しかけた。

「釜吉とはどんな仲だったのです」

「……釜吉か。あれは私の密偵だった」

「ほう、隠れた手下であったというのだな」

「そうです。もっともあまり活躍してくれたとは言い難いのですがね。そろそろ外そうかと思っていたら、あんなことになってしまって」

あんなこととは、斬られた話だろう。

「自分の手下が斬られたというのに、冷たい言い方ですなぁ」

千太郎の言葉は軽いが、その目は鋭い。矢ノ倉もその目つきには気がついているはずだが、ふたりとも体からは力が抜けている。

「所詮は、金で雇った男です」

矢ノ倉は、目を細めていった。その仕草で矢ノ倉が切れ長の目だと波平は、初めて知った。

「なるほど、それではしようがありません」

千太郎は、反論はしなかった。いっても無駄だと思ったのか、それ以上の言い合いはしたくないと思ったのか、波平には判断がつかない。

「では、さよりさんとはどんな間柄だったのです」

「古い友人です。たまにあの店に行って、馬鹿話をするだけでしたよ」

「ほほう。馬鹿話をねぇ」

波平は、回向院でふたりが会っている場を見ていたとはいえず、じりじりしている。

千太郎もあえてそのときの話をする気はなさそうだった。

このふたりは以前から知り合いなのではないか。そんな気になるような雰囲気だ。

まさかそんな事実はないだろう。

しかし――。

矢ノ倉が刺客だったとしたら。

お志津さんを斬ったのが、この男だとしたら。

先ほどの殺気を思い出すとそんなことまで考えてしまう波平だ。

――そんなことはあるまい。

心のなかで否定するのだが、どうしても気持ちはそちらに向いてしまう。

ひとつだけ救いがあるとしたら、矢ノ倉の気合いは、本気で千太郎を斬ろうとはしていなかったことだ。いや、一度は斬ろうと思ったのだろう。だが、すぐその気配は消えた。

そこから判断できるのは、やはり千太郎の力を測ったのだろう。では、その理由はどこにあるのだ。

同心としての興味だったのか。

確かに、千太郎という人はなにを考えているのか、はっきりしないし、ひと月で正体が摑めるような人でもない。

同心として、相手の力を測ることは、波平もある。矢ノ倉も同じ気持ちだったとしたら、頷けないこともない。

――しかし、あれはそんな生易しい殺気ではなかった。

考えれば考えるほど、どんどん深みにはまってしまう。

すぐ、波平は無駄な考えだと気がついた。

「いまわからぬことをいくら考えても無駄だ」

これは千太郎がよく使う科白だった。

「では、いまさよりさんはどこにいるのです」

千太郎がなおも問うた。

「さよりは、実家に戻りました」

「はて。実家とは富津でしたな」

「よくご存じで。まるで密偵を使っているようです」

「使ってますよ。あなたと同じように」

そこで、またふたりの間に険悪な香りが漂い始める。

それもすぐ溶けて、千太郎が重ねて訊いた。

「さよりさんは逃げたのではありませんか」

「逃げるとは、なにからです」

「さぁ、それがわかっていたら、訊きません」

ふっと矢ノ倉の細い目が丸くなった。

「あなたさまは、面白いかたです」

「そうですか」

「せいぜい、しっかりと悪の目利きをしていただきたいものです」

「もちろん。あなたにも負けません」

「……勝負ですか」

「勝負です」

千太郎がにんまりすると、矢ノ倉も目を細めて、

「今後が楽しみになってきました」

そういって、では、と屋敷に戻った。

「話はこれで終わりですか」

戻って行く矢ノ倉の背中を見ながら、波平が千太郎に訊いた。

「十分である」

「で。成果はあったんですかねえ」

「あったような、ないようなな。それにしても……」

一呼吸おいて、

「矢ノ倉加十郎という男は面白いな」

「食えない男のようです。あの殺気には驚きました」

「波平さんも気がつくとはさすがだ」

「斬り合いが始まるのではないかと思いましたよ」

「ふむ。初めはそう思っていたのだが……」

また一呼吸おく。その顔はどこか楽しそうだ。子どもが好きな玩具を貰ったときのような顔つきだった。

「では、戻るとするか」

矢ノ倉はすでに屋敷に入ってしまっている。これ以上、なにか聞き出そうとしても、外には出て来ないだろう。波平としては、なにか手がかりがあったのか、ないのか、千太郎はどう考えているのか訊きたいと思ったが、

「では、私はこれで片岡屋に戻るが、そういえば弥市親分はどうしておるのだ」

「お安に釜吉について訊いているはずです」

「なるほど、お安か。あの女がなにか鍵を握っているのは確かだろう」

「そう思いますか」

ふむ、と千太郎は歩きだしながら、

「釜吉は、矢ノ倉の密偵だった。お安はその情婦だろう。となるとなにか裏の話を聞いているかもしれぬ」

「そう思いまして、弥市に調べさせているのです」

そうか、と答えた千太郎は、もう一度矢ノ倉の屋敷に目を向けて、

「この男はなかなか面白い。これからあれこれと邪魔になるか、それとも……」

「それとも、なんです」

「いや、なんでもない。まぁ、楽しみが増えたということだ」

千太郎の高笑いが、八丁堀に響き渡る。

三

道灌山から少し奥に入ったところに、小さな破れ寺があった。周囲は林になってい

るために、土地に暮らす者以外にはなかなか気がつきにくい場所である。

その本堂の奥に庫裏(くり)があり、その建物に向かって歩く女がいた。風呂敷包みを持って、周りを気にしながら歩いている。

やがて庫裏に入った。

小さな廊下を二間ほど進んで、右側の襖を開いた。そこは三畳の部屋だった。

「太助さん……」

女は、お仲である。

「お仲、いつも悪いな」

隅で寝転がっていた太助は、うれしそうに立ち上がる。部屋から外を見ることはできない。外からもなかを覗くことはできない。

太助が潜伏するには、ちょうどいい場所だ。

お仲は、持って来た風呂敷包みを解いた。それは三段重ねの提重(さげじゅう)だった。

一段ずつ開いて、食べ物を取り出す。

魚の煮付けや、野菜の煮物などが入っている。

うれしそうに太助はすぐ手を伸ばし、お仲に行儀が悪いと手を叩かれた。

「だめ、ちゃんとお箸を使って」

「あぁ、これじゃ祝言をしたら、どうなることやら」

「黙って、私のいうことを聞いていたらいいのですよ」

「そうらしい」

　笑いながら箸を手にして、ようやく太助は食べ物にありついた。お仲は一心に箸を使う太助を愛しそうに見ながら、

「いつまでここに隠れていなければいけないのでしょうねぇ」

「なに、すぐ終わるさ」

「でも、なかなか花活けは出て来ません」

「山之宿の親分は、あぁ見えても腕っこきなんだ。なんとかしてくれるぜ。それに、あの千太郎さんというおかたは、なにやら不思議な才の持ち主らしいからなぁ」

「どこぞのお殿さまみたいですけどね」

「それがまたいいところだ」

　ふたりは、笑いあってから目があった……。

　弥市は、お安を前にして、どうにも手応えがなくて困っている。もともと女は苦手だ。女と名がつくと腰が引けてしまう。

釜吉について聞き出そうとする瞬間に、お安は泣きだすのだ。そうなると弥市には手も足も出ない。

「泣いてばかりいられると困るんだ」

「でも釜吉さんのことばかり訊くから」

「それが仕事だ。釜吉とはどんな野郎だったのか、しっかりおせえてもらわねぇと困るんだがなぁ」

「どんな人といわれても」

また、涙の目を弥市に向ける。

「釜吉と会ったのは、どこだったたい」

「お店ですよ」

ふらりと入って来て、気さくに声をかけてくれたという。そのときお安はまだ店に勤めて二週間程度で慣れていなかった。

不安なときに話しかけてくれたから、嬉しかった、というのである。奥山で騙りやこそ泥のような動きをしていたとは、まったく知らなかったという。

さきほど戻って来た波村平四郎から、釜吉が矢ノ倉加十郎の隠れた手下だったと聞かされた。

「釜吉が密偵だったと知っていたんだな」

　なんとかお安に花活けの件について、手を変えしなを変えて追及するのだが、お安は、知りません、存じません以外答えない。

「こうなったら、俺の手には負えねぇ」

　つい弱音を吐いた。

　波村平四郎に預けてしまおうかと思ったところで、ぴんときた。

「徳之助(とくのすけ)だ……野郎に頼んでみたらどうだ」

　弥市が密偵として使っている男だ。

　女を騙すことにかけては、天下一品である。もっとも本人は、女を騙しているのではなく、気持ちよくさせているから、自分のそばに寄って来るのだ、と常に自慢気にうそぶいている。

　確かに、見ていると、騙しているとしか思えないのに、女たちは一様に、

「徳之助さんのためなら、どんなこともします。だって、あんなやさしくて私を見てくれてる男はいませんよ」

　そんな科白を吐く娘ばかりなのである。

「まったく江戸の七不思議のひとつだぜ」

弥市は、そうとしか思えない。

それでも、持ちつ持たれつで、弥市は徳之助と付き合っている。

「やつならなんとかしてくれるだろうよ」

そういっても、なにしろ徳之助は、じっと一人の女のところに住んでいるわけではない。

気がついたら、よその女のところに移っているのだ。だが、最近はできるだけすぐ探し出せるようにと弥市が頼み込んで、移動するたびに文を出させていた。

約束をきちんと果たすような男ではないのだが、今回はうまいことにいまは誰もいなくて、寂しいと文が来ていたのだった。

「これは、なにかのお告げだな」

普段、そんな神頼みなどはしない弥市も、たまにはそんな戯言をいうほどだった。

その頃、徳之助は、一緒に住んでいた女から別れ金を貰って、いまは門跡前に住んでいるという。

そんな文を貰っても、弥市は同情などしない。むしろ笑ってやりたいくらいだが、いまはそんなことよりお安の気持ちをなんとかほぐしてもらいたい。

すぐ弥市は、小者に頼んで徳之助を呼びに行ってもらった。

半刻後、小者と一緒にやって来た。

徳之助は、思いの外元気だった。にやにやしながら弥市の前に現れると、

「やぁ、親分、久しぶりだったぜ」

いきなり弥市の肩に手を載せた。弥市は、その手を払いのけて、

「おめぇ、女に捨てられたんじゃねぇのかい」

「親分、なにをいってるんだい。あっしが女に振られるわけがねぇのは、知っているでしょう」

「じゃ、あの文はなんだい」

「ちゃんと金子を貰って出たと書きましたぜ。いまは、弟子のところに居候しているんでさぁ」

「弟子だと？」

「へへ。あっしがやたらと女にもてるんでね、その技を伝授してくれって、馬鹿がいるんですよ」

「どこの誰か知らねぇが、本当に馬鹿だな」

あははは、と大口を開いて笑う徳之助だが、すぐ真剣な目になって、

「で。あっしにご用とはなんでしょう」

「あぁ、じつはな」

花活けが盗まれた件から、太助、釜吉、そしてお安たちの関係を話した。

「ははぁ。そのお安って女から釜吉がどんな悪さをしていたのか、聞き出せばいいんですね」

「そういうことだ。さすがに察しがいいな」

「親分直伝（じきでん）でさぁ」

「おだてたって、一銭も出ねぇよ」

「小遣いには苦労してませんから、あてにしてませんや」

そういって徳之助は、こちらですね、とお安が泣き濡れている奥の部屋に踏み込んだ。

部屋の端に横すわりをした女がいた。薄い黄色の小袖が寂しげに見える。

「おめぇさんがお安さんですね」

弥市と会話していたときとは違って、女たらしの顔になった徳之助がお安の前にしゃがんだ。その瞬間だった、

「お……おめぇさん……」

「はい？」

お安は、怪訝な目で徳之助を見つめる。

「これは、いままで見たこともねぇほどの娘さんだ」

「え？」

「あっしを覚えていませんかねぇ。じっと目を見てくだせぇ」

陰で聞いている弥市は、苦笑する。

これは徳之助の手管のひとつだ。

「女てぇのはねぇ。目を合わせるとそれだけで自分が惚れられていると勘違いするんです。それだけじゃねぇ、相手の男に自分も惚れていると思ってしまうんですよ。可愛いもんじゃありませんかい」

偉そうにいつもいう科白だった。

お安にも、同じ手を使っているらしい。

「お安さん、ていったね」

「は、はい」

「俺は、おめぇに真から惚れそうだぜ」

「まさか……」

「俺の目を見てくれ」

あっしから、俺に変わっている。

それも、ふたりの距離を近づける技だと弥市は聞いたことがある。

徳之助の腕は鈍(なま)っていねぇ、と弥市は心のなかで呟いていた。

四

徳之助の自信はそのまま、女にも伝わるらしい。

お安は、そうそう簡単に心を開くまではいかなかったが、それでも弥市が対処していたときとはまったく異なった顔つきに変化している。

まず、落ち着きが出た。

それまでは、顔は沈んだままで、弥市と目を合わそうとはしなかった。ほとんど会話も成り立たなかった。

だが、徳之助が応対を始めたら、ぽっと火がついたように、頬に血が通いだしたのである。

徳之助が応対した成果はあきらかだった。

離れたところでふたりの声を聞いていると、ときどき笑い声がする。それも徳之助ではない、お安の声だ。

そこまで気持ちというのは変化するのかと、弥市は改めて徳之助の手腕に舌を巻く思いだった。

お安から離れて徳之助が弥市のところに寄って来た。

「親分、頼みがあるんだが聞いてくれ」

「なんだい」

お安から新しい情報を聞き出すことができたのか、と期待する。

「一緒に暮らさせてくれ」

「なにぃ？　お安とかい」

「一緒に暮らしたら、あの女はもっと俺に気持ちを開く。そうしたら、相当深いところまで聞き出せるはずだ。こんな場所では、本当の話をするわけがねぇ」

「ううむ」

いわれてみたら確かにそのとおりかもしれない。

お安自身は悪さに加担はしていなかったとしても、釜吉とは近かったのだ。そうそう簡単に秘密の中身を話すとは思えない。

「おめぇの言い分はもっともだな」

「でげしょう。だったら、ここから一度解き放ちをしてください。あっしがしっかり見張っているから、大丈夫です」

「まぁ、おめぇのことは信用しているが……」

「お安も大丈夫です。あっしから離れるわけがねぇ」

「えらい自信じゃねぇかい」

「親分、あっしを誰だと思ってるんです」

「女たらしだとは思っているが、まぁ、波平さんに相談してみよう。まだあの女が釜吉の悪さに加担していなかったという証はねぇんだからなぁ」

「わかってます。まぁ、まかせておくんなさい」

徳之助の態度は、いつになく真剣だ。目が笑っていないのだ。女はただの生きる糧だとしか考えていないような徳之助が、これほどまじめな目をするには、なにか目的があると、弥市は睨む。

「やい、徳！　てめぇなにを考えているんだい。そこまでいうのは、なにか企んでいるからだろう、そうはいかねぇ」

「違いまさぁ。親分……」

そこで、徳之助はふと照れた表情を見せた。

「へぇ……みっともねぇし、あっしにしてはどじな話だと思いますが、お安に惚れてしまいました」

「なんだって？」

さっき会ったばかりで惚れてしまったとは、どういうことだ、と弥市は信じることはできない。

弥市がふんと鼻で笑うと、

「眉唾（まゆつば）だと思うかもしれれねぇが、本当だからしょうがねぇ」

徳之助は、またへへへと照れ笑いを見せた。

「ひと目惚れしただと？」

「へへへ。まぁ、そんなところでさぁ。だから、ね、わかるでしょう」

「まったくわからねぇ。そんなおかしな目つきしたって、しょうがねぇぜ」

「でも、ほれ、あの女がなにを知っているのか、探るためにはなんとかここから出してくれねぇと」

「……だから、それはわかった。だがなぁ、いい加減にしねぇと、泣きみるぜ」

「親分は、女心がわからねぇからそんな馬鹿なことをいうんでさぁ」

「馬鹿で悪かったな。まぁ、いい。波平さんに訊いてやる」

「それじゃおせぇ。いますぐじゃねぇと女の気持ちが変わってしまう」

「無茶いうな」

結局、弥市は折れるしかなかった。

釜吉がどんな裏の仕事を持っていたのか、それを探るためには、お安の証言が重要だ。

それを得るためには、徳之助が持つ女たらしの力が必要だ。

そうなると徳之助の申し出を無視するのは得策ではない。弥市は結論づけて、

「わかった、とっととどこにでも行きやがれ」

「わかってます。まぁ、おまかせください」

徳之助は、さっさとお安の手を引いて、自身番から出て行ったのである。

どこでどう調達したのかわからないが、徳之助とお安は柳橋の長屋に住まいを決めた。あっという間の手際に弥市はまた舌を巻く。

波平もどうやってそんなに簡単に塒を見つけたのか、と不思議そうだ。

「あの野郎、いままでどこでどんななにをしていたのか、さっぱりわからねぇ。盗人

でもやっていたんじゃねぇですかねぇ」

「本当か」

波平が本気にしそうになったので、慌てて弥市は否定し直す。

「いえいえ、それはねぇと思います。どうせまたどこぞの女を騙したんでしょう」

「それが本当なら、とんでもない奴だな」

「まぁ、役に立つんですがね」

なるほど、と波平は得心するしかない。

そんな会話を交わされていると知ってか知らずか、徳之助は長屋を借りて、住みだした。家具なども、最低限のものは揃っていた。

お安はまさかそこまで徳之助がしてくれるとは夢にも思っていなかったのだろう、長屋住まいをすることになって、慌てている。それでは、夫婦と変わりない。

不安そうにするお安に、徳之助はにこにこしながら、

「なに、心配はいらねぇ。周りには夫婦と思わせていたほうが、いろいろと便利だから、そうしているまででな。実際に夫婦になるわけじゃねぇ」

「そういわれると、仕方ありません」

だとしてもお安の気持ちは穏やかではなさそうだ。徳之助がなんといおうと、男と

一緒に住むのだ。その不安はなかなか消し去れないらしい。いつまでも、部屋を見回しては、ため息をつく。

そんなお安に、徳之助はやさしく声をかける。

「心配なら、俺は、夜になったら仲間のところに行こう」

「……でも、それでは、夫婦には見えません」

「あぁ、そうだなぁ」

屈託なく笑う徳之助に、お安も覚悟を決めたらしい。

「わかりました。あなたを信じます」

「それはありがてぇ」

「でも、ひとつ教えてください」

お安の目が真剣になった。

「どうしてここまでしてくれるんです」

「だから、おめぇに惚れたからだ」

「釜吉さんの話を聞き出したいからでしょう」

「そう思われても仕方がねぇけどな。だが、本当におめぇさんに惚れたんだ。これはっかりは、嘘じゃねぇ。確かに俺は、釜吉の話を聞きてぇとは思っている。だがな……」

　そこで、徳之助はまたじっと、お安の目を数呼吸見つめ続ける。

　お安の息が荒くなった。肩が上下し始める。

　徳之助は、ここぞとばかりに説き伏せる。

「本当の夫婦になりたければなってもいいんだ。その気になるまで、俺は待つ。きっと待つ、いつまでも待つ」

　同じような言葉を並べることで、相手の思考を止めるのだ。女の気持ちを十分知り尽くした徳之助がよく使う手だが、女だけではなくても通用すると徳之助はいうのだった。

　お安はまんまとその手に乗ったのか、瞳がうるうるしている。やはり徳之助の言葉は女の気持ちをうっとりさせるらしい。

「どうだい、当分、ここで一緒に暮らす気になったかい」

「はい。徳之助さんの言葉は、魔法のようです」

「そんなことはねぇが、まぁ、俺の思いを受け止めてくれたらそれでいいんだ」

「わかりました」

　すっきりした目で徳之助を見つめる頬は、かすかに赤みを帯びていた。

それから徳之助とお安の奇妙な生活が始まった。

長屋の連中はふたりを本当の夫婦だと思っている。それも、ずいぶん仲の良い大婦だ。なにしろ徳之助は、女にやさしい。それは、お安にだけではない、長屋のおかみさん連中の頼みも嫌な顔せずに、はいはいと聞いてあげる。

「徳さん、井戸が変だよぉ、なんとかしておくれでないかい」

「はいはい」

釣瓶(つるべ)を引き上げて、桶を調べる。穴が見つかると、それを器用に修繕する。

「徳さん！　今日は嵐が来そうだねぇ」

「はいはい、じゃぁ障子戸にちょっと板を打ち付けておきましょう」

その辺の木っ端を拾ってうまい具合に、戸に打ち付けるから、少々の風が吹いてもガタガタという音が消える。

「徳さん！　戸が外れてしまったよぉ」

はいはい、と簡単に直す。

そんなことをするから、近所の男たちからは目の上のたんこぶ扱いだったのが、女房がやたら誉めるから、どんな男かしらべてやるとばかりに、

「おい、徳さん、いっぱい一緒にどうだい」

誘うと、それはすまねぇ、と気持ちよく返事する。

飲み会が続くと、ときには、

「今日はあっしにおごらせておくんなさい」

「俺も一緒に行くぜ」

俺も、俺もと数人で繰り出すことになる。徳之助は、嫌な顔ひとつせずに全員の分を出す。

そんな日々を続けている間に、旦那連中からも徳之助は好かれるようになっていったのである。

その間、お安はひとりで徳之助が戻って来るまで、待っているのだ。

一緒に行った男たちの女房連中は、また飲んで帰って来るのか、と鬼の形相になっても、

「楽しんで来るのならそれでいいではありませんか」

と、にこにこしたまま徳之助の戻りを待つ。

「あんたは、本当にいい女房だねぇ」

みんなにそういわれると、お安としてもその気になってしまう。うれしそうに、あ

りがとうございます、と手をつくたびに、

「いつの間にか、徳之助さんに惚れたのかしら」

周囲からいい夫婦だ、いい女房だといわれるたびに、お安の顔はにこにこする。やがて、本当に徳之助が夫のような気持ちになってしまったのである。

もっともじつは、これには裏があった。

ある日、徳之助は女房連を前にして、ひとりごとを呟いた。

「困ったなぁ」

そのひとりごとにすぐ飛びついたのは、長屋に住む女房たちのなかで一番の古株、お峰という女だった。旦那は、大工で為助という四十になろうという男だった。腕はいいと評判らしいが、人付き合いが下手で、棟梁からもちょっとうとまれるような男だった。

ところが徳之助が来て、一緒に飲みだしてからは、ときどき無駄口もいうようになり、仲間からも、変わった、話しやすくなった、といわれだした。

それもこれも為助は、徳之助のおかげだという。

「あんた、なにかうちの宿六に術でもかけたのかい」

「そんなことはしてませんよ。ただ普段から口の端をちょっと上げると人が寄って来る、と教えただけです」

要するに、無理に笑わなくてもいいから、ちょっと口角を普段から上げておけ、と口添えをしただけだった。

「たったそれだけで、あんなに変わったのかい」

信じられないとお峰はいうが、現に為助はあれから毎日楽しく大工仕事に精を出すようになった。もともと腕はいいのだ、仲間たちからも信頼を勝ち取り、棟梁からも信用されるようになったという。

徳之助とお安がこの長屋に入ってわずか十日あまりのできごとだ。

お峰が徳之助をやたらと誉めるから、ほかの女房たちも、それにつられて徳之助はすばらしい旦那さんだとお安に伝えるようになった。

さらに、徳之助がこぼしたひとりごとが、お安の気持ちに火を吹き上げる風になった。

徳之助のひとりごとは、こうだ。

「お安がなかなか女房としての自信を持ってくれねぇ」

そのひと言で、

「あんないい女房はいないいじゃないか」

お峰が叫んでから、

「どうだいみんな、お安さんが自信を持つように、みんなで誉めまくろうじゃないか」

そうだ、そうだ、それがいい、ということになったのである。

これも徳之助の仕掛けだったのだが、あまりにもうまくいったのは、やはりお安という女が持っていた力だろう。

それは、徳之助もはっきりと認めている。

「あの女は釜吉なんぞという小悪党と付き合うような安っぽい女じゃねぇ」

そう呟いてから、釜吉とは会ったこともないと気がつき、苦笑する。

「早く釜吉の呪いから解き放ってやりてぇもんだ。俺はそのために生まれてきたんだ、そうにちげぇねぇ」

自分の心に言い聞かすようだった。

いま、お安は近所の八百屋に買い物に行って留守である。お安はほとんど自分の荷物は持っていないのだが、この長屋に入る前に、自分の住まいから持って来た風呂敷包みがあった。

絶対に見ないでくれと念を押されているのだが、そういわれると見たくなるのは人情である。

風呂敷包みを前にして、徳之助は良心と戦った。

「どうする……釜吉に縁があるものなら、なんとか見たいものだ」

じりじりしながら、手を伸ばしたり引っ込めたりする。

しばらく悩んでいたが、

「やめた。これで見たことがばれたら、お安の信頼は、無になる……」

徳之助は、風呂敷包みから手を離した。

すっきりした顔つきだった。最終的に、釜吉についてなにも聞き出すことができなくても、それはそれでいい。

俺はお安との信頼を守ったんだ。

気持ちがよかった。

心の霧が晴れたというのはこういうことか、徳之助は、大声で叫びたい気分だった。

人と気持ちを通じるというのはこういうことなのだ。

五

周囲のいい女房だ、いい夫婦だという声掛けは、解けた氷の水が土に浸透するように、お安の気持ちのなかに染み込んだ。

いい夫婦――。

その言葉の調べがなんと心地いいことか。

本当になれるかもしれない……。

いつの間にか、そう思い始めていた。また、お安の徳之助に対する淡い気持ちは、いつか、本気へと変化していたのである。

自分でも驚いていた。

じつは、お安は徳之助の気持ちを測るために、ある仕掛けを投げかけていた。それが、あの風呂敷包みである。

真をいえば、あの風呂敷包みにはなんの意味もない。重要なものが入っているわけではなかった。

お安がひと言（こと）書いた紙切れが、小さな木箱に入っているだけだった。外から見たら、怪しい物と映るはずだ。

徳之助は、釜吉の秘密を知りたがっている。もし、自分に近づいてきた目的が釜吉の過去を知りたいだけとしたら、お安との関係などは、まやかしだとしたら、きっと木箱を開けるだろう。

そして、木箱の中身を見て徳之助は、驚くはずだ。そこには、

「約束を破りましたね。さようなら」

とだけ書かれている。

木箱には開かれたかどうかがはっきりわかる仕掛けがあった。髪の毛を箱の蓋に挟んであるのだ。

開かれたとき、髪の毛は外れる。つまり、徳之助が約束を破った証拠になる。

いままで何度も確かめたが、木箱が開けられた形跡はまったくない。徳之助はお安との約束をしっかり守り通している証(あかし)なのだった。

——あの人の言葉は本当かもしれない。

お安は徳之助を信頼し始め、さらにいい夫婦になれるのではないか、と気持ちは揺れ始めていたのである。

相変わらず徳之助に対する周りの女房たちからの評判は変わらず、あれこれ頼まれ

ては、ほいほいと動いている。

近頃は、お安を放り出して男たちと酒を飲みに歩いているから、穏やかな気持ちになれなくなった。

もっと私を大事にして……。

つい、そんな言葉が心のなかに浮かんでくる。やはり、徳之助に思いが傾いているのは間違いないらしい。

いまではその気持ちを普通に受け止めるようになれた。女房たちに嫉妬の思いも浮かび始めている。

他人(ひと)の旦那をかってに使わないでよ。

え……いま、なんて……。

私の旦那……。

ふふふ。

思わず、ほくそ笑んでしまう。

この長屋に入ってから十日は過ぎた。その間、季節は変わり自分の気持ちも変わった。

季節はどんどん冬に向かうが、お安の気持ちは春を迎えようとしている。

冷えてしまったご飯が乗った膳を前にしながら、お安はひとつの決断をしていた。

男たちと酒を飲みに行ったとき、徳之助は食事は食べていてくれ、と話していた。いつもなら、ひとりで侘びしく食べるのだが、今日はそのままにしていた。

徳之助が戻って来るのを待っているのだ。

——今日は、決めた……。

いつまでも待つ。

そうして、釜吉の話をしようと決心していたのである。

いい夫婦になれても、なれなくてもいい。徳之助の気持ちは、本当にお安に向いていると、確信が持てたからだった。

踏み絵にしていた木箱は、まったく開けられた気配はない。それはお安との約束を守ろうとする徳之助の誠意だろう。

ならばお安としても、それに応えなければいけない。

木戸が閉まる前になって徳之助が帰って来た。それほど酔っ払ってはいないようだ。もともとあまり大酒を飲むほうではない。

まだ膳を片付けずに、ふたり分置いたままと気がついた徳之助は、怪訝な目でお安を見た。

「どうしたんだい。いつもなら食べて寝る用意をしているのに」

「座ってください」

　鋭い声でお安は答えた。

「……なにか叱られるようなことでもしたかなぁ。あぁ、すまねぇ、となりの元さんと今度深川にあるいい女のいる水茶屋ができたから一緒に行こうと約束してしまったことか。あれなら、元さんがやたらと誘うんでなぁ、断りきれなかったんだ」

「そんな話ではありません」

「違ったか。では、あれかな……そうか、わかった、一番奥のお峰さんがときどき俺に色目を使うような仕種をすることだな。あれは誤解だぞ、あの人はもともとあのように、目がいつも潤んでいるんだ」

「違います」

「それも違ったか。うううううむ」

「いいから、黙っていてください」

　ぴたりといわれて、徳之助は肩をすくめる。

　お安はおもむろに話し始める。

　その中身に気がつき、徳之助は驚きの目をお安に向けた。

「黙って……」

ぴしりと決めつけられた。

徳之助は、数呼吸お安を見ていると、わかったと頷き正座をする。その態度にもお安はぴくりともせずに、語りだしていた。

いまから、半月前だろうか、釜吉は例によって浅草奥山を、どこかにいいかもはいないかと流していたときであった。

編笠をかぶった侍に声をかけられたのである。釜吉からこれと狙った相手に声をかけることはあるが、話しかけてくるのは小悪党仲間か岡っ引きだ。侍に呼び止められる場合など、ほとんどない。

「なんです……」

難癖でもつけられるのではないか、と釜吉は身構えた。

しかし、編笠侍は小さな声で、頼みたいことがあるから近所の茶屋にでも入ろうと誘ってきたのである。

侍の頼みなどどうせろくなことはない。自分勝手なことをいっておいて、最後は小遣いなどくれない。そんな輩に付き合う暇はねぇ、と拒否をすると、

「やり遂げてくれたときには、きちんと金子（きんす）を渡す、手付（てつけ）として一両では少ないか」

「へぇ……それは奇特なことで。では、頼みを終わったときには、いくらになるんですかねぇ」

「三両では少ないか」

「頼みの内容によりますぜ」

「簡単なことだ」

　編笠侍は、周囲を見回してこんなところで大事な話はできない、と口をつぐんだ。懇意にしている水茶屋でもあるか、と訊かれたのでお安の店に行こうかと思ったが、両国まで行くのは遠い。

　そこで、直ぐ目の前にある水茶屋に入った。

　何度も入っている店ではない。そのほうが侍は都合がいいという。顔を知られるのを極端に嫌がっているようだ。

　悪事を企てているとしたら、誰でも顔を見られるのは嫌がるものだから、釜吉も気にはしなかった。

　侍は店に入っても編笠を取ろうとはしなかった。

　なにをそんなに怖がっているのかわからないが、釜吉はこの近辺に顔を知っている者がいるのではないかと考えて、周囲を見回してみるがそれらしき者がいるような雰囲気はなかった。

侍はひとりもいない。客はみな町人である。それも女に体が向きっぱなしで、侍を横目で見ているような輩も見受けられない。

釜吉は、周囲を見図りながらも、この侍の正体がわかったら、それはそれでまた仲間たちとゆすりの種になると密かに考えているのだった。

侍は、おもむろにある旗本の家から、花活けを盗んでほしい、といった。

その花活けがどんないわくつきなのか、そこまで話すことはできない、という。言葉から図(はか)ると、かなりの値打ち物だろう。そう思って訊いたら、

「偽物だから、盗んで売り飛ばしたところで、二束三文だ」

「だったらどうして盗むんです」

「お前には関わりのないことだ」

「まぁ、そうですがねぇ」

理由がわからねぇままでは、加担できねぇと釜吉は横を向く。

「そうか、ならば仕方がない、この話はここまでだ」

編笠侍は、立ち上がろうとする。釜吉は慌てて、

「まぁ、待ってくださいよ。気が短ぇなぁ。そんなんじゃ大成しませんぜ」

おためごかしをいう釜吉に向いている編笠のなかの目がじろりと動いた。

「ではやるのだな」

「わかりましたよ。話を聞きましょう」

すこし間をあけてから、侍は話を進めた。

「なるほど、それが花活けを盗むことだったんだな」

「はい、そういうことらしいです。金子を釣り上げて、浪人を雇ったという話でした。釜吉さんひとりでは難しいと判断したんでしょうねぇ。なにしろ相手は、武家ですから。頼むほうは簡単にいいますけどねぇ」

「そうだろうな」

これで釜吉が花活けを盗んだと決まった。

だが、問題はイヌワシという兇賊集団だ。お安は知っているのだろうか。

お志津が斬られた事件とイヌワシとはどんな関わりがあるのか、徳之助には見当もつかない。また、盗まれた花活けとは関わりがあるのかどうか。

どうしてイヌワシが両方に関わっていると千太郎たちが考えているのか、正直いって徳之助には予測がつかない。

それでも、千太郎たちが疑っているとしたら、どこかで繋がっているのではないかという疑問は拭い去れないのだった。

「イヌワシという兇賊がいるんだがな」

徳之助が問うと、お安はちらっと目を動かして、

「その件については、釜吉さんもほとんど話してはくれませんでした。一度、どんな人たちなのかと尋ねたことがあるのですが、それをいうと俺は殺されてしまう。おめぇは知らねぇほうがいい、とけんもほろろでした」

「つまりはイヌワシと釜吉には繋がりがあるんだな」

「釜吉さんはそれほど深く繋がりを持っていないと思います。ときどき、奴らはなにを考えているのか、まるでわからねぇ、とぼやいていました」

「そうかい」

イヌワシと釜吉は繋がりがあった。

しかし、いまの話の内容では、釜吉がどんな役目を負っていたのか、それについてはまったく糸口はない。

釜吉は、近所の者たちに、近々大金（たいきん）が入る、と語っていたという。それは、花活けを盗んで金を手にしたときの話をしていたのだろう。

そういえば、とお安は思い出した表情で、

「ひとつだけ、釜吉さんから教えてもらったことがあります。イヌワシと関係があるのかどうか、はっきりとはいってくれませんでしたが、最近は宗方伊織という浪人が、殺しを請け負っているという話でした。花活けを盗むときにも、その浪人が一緒だったといいます」

「宗方伊織……住まいはどこかわかるかい」

「何度か私が釜吉さんに頼まれて、文を届けたことがあります。相手の名前は教えてくれませんでしたが、おそらくその浪人が、宗方伊織という人でしょう。住まいは佐久間町の長屋です」

「佐久間町……」

「胸でも患っているようで、ときどき咳をする音が聞こえていました……私が知っているのは、ここまでです」

大きく息を吐いて、お安は言葉を止めた。

徳之助の体が動いた。

「お安さん……よく話してくれた……」

「徳之助さんが私を変えたのです。お力になりたいと思いました」

「十分、力になってくれた。本当にありがてぇ」

ふたりの目が絡まった。

となりの部屋ががたんと鳴った。喧嘩でもしているのだろうか。

そんな音が聞こえても、ふたりの目はお互いから離れない。

「お安……」

「徳之助さん……」

それまできりりとしていたお安の体が崩れて、徳之助のそばにへばりついた。

「お安、俺はもうおめぇを離しはしねぇ」

「本当ですか」

「あぁ、本当だ。ひと目惚れってやつだった。それが本当にそうなのかどうか、俺にも自分の気持ちがわからねぇでいたんだが、ここで一緒に暮らし始めて、真実俺はおめぇに惚れていると気がついたぜ。嘘じゃねぇ」

「うれしい……」

「本当の夫婦になろう」

「はい……私をあなたの妻に、して、ください……」

お安の体が徳之助の手のなかにくるまれていく……。

第五章　見えぬ敵

一

ひと晩明けた長屋の井戸端では、お峰がお安をじっと見つめている。

江戸は季節の移ろいが早い。

溝板（どぶいた）に舞い込んできた枯れ葉が、くるくると秋の風に吹かれて同じ場所でかっぽれを踊っていた。

これから冬の用意をする者たちが、大きな薪（まき）を背負って表通りを歩く姿がそちこちに見られる。

それでも朝空は、青く澄んでいる。

まるでお安の気持ちのようだった。

「あの……なにかついてるんでしょうか」

　お安が、両手で顔を挟むような仕草をしながら訊いた。

「なんだか、お安さんいつもと違うような気がしたんでねぇ。なにかこう、いろんなものが吹っ切れたというか、そんな雰囲気だねぇ」

「そうでしょうか……」

「そうだよ。なにか昨晩いいことがあったのかねぇ。あぁ、そうだややこができたんじゃぁないだろうねぇ」

　それなら大変だ、ここで洗濯などしていてはいけない、私が代わりにやっておいてあげるよ、とお安が持っていた洗濯物に手を伸ばした。

「やだ、お峰さん、そんなんじゃありませんよ。いいことがあったのは確かですけど」

　額に手を触れて汗を拭いた。

「あら、ややこではなかったのかい。それは残念だねぇ」

　お峰にはまだ子どもがいない。だから早く子どもは作ったほうがいいよ、というのがお峰の口癖だ。

「あまり遅く子どもを作ったら、自分たちがよぼよぼになって育てるのが大変になるからねぇ」

そんなことをいいながら、洗濯に精を出すお峰の顔を、お安は正面から見るのを憚られた。照れる思いが残っているからだった。

——私たちは昨夜、本当の夫婦になれた……。

そのうれしい思いでいっぱいなのである。

徳之助が起きて井戸端に顔を洗いに出て来た。

肩に豆絞りの手拭い担いで、眠そうである。挨拶もそこそこに釣瓶から水を手拭いに直接かけて顔を拭く。

じっと徳之助を見ていたお峰が、また、小首を傾げながら、

「なんだろうねぇ、あんたたちは、いつも仲がいいのは知っているけど、今日は普段よりまして、仲が近づいたような気がするよ」

「お峰さん、そんな野暮なことはいいなさんなよ」

それまで黙って洗い物をしていた、もうひとりの女房が笑いながら止めた。

「あんた、野暮ですよ。あんたのところとは違うんだから」

にやにやしながら、お佐久という大工の女房がお峰の尻をぽんと叩いた。

「あぁ……はははぁ……そうか、そうだったのかい。若いからねぇ」

これで理由がわかったとにんまりする。

お安は、顔を真赤にしながら徳之助を見つめる。その顔は、本当のおかみさんになれたという自信にあふれていた。

徳之助は顔を洗ってから、お安に声をかけて部屋に戻った。

なんとなくふたりとも、照れているようで、それでいて満足顔である。

「どうだい、おかみさんになった気分は」

徳之助が訊いた。その顔はどこか心配そうである。

「もちろんいい気分ですよ。これから徳之助さんを尻に敷くことができるのかと思うと、すっきりした気持ちです」

「いやぁ、これはまいった。お手柔らかに頼むぜ」

ふたりいるところだけが、明るく照らされているようだ。

「ところで、昨日の釜吉の話なんだが」

真剣な顔で徳之助がお安に声をかける。

「はい……」

それまでとは異なり、ふたりの間に小さな緊張感が生まれた。

「一度、俺が信頼しているお人に会ってくれねぇかい」

「御用聞きの弥市親分ですね」

「いや、まぁ親分にも会ってもらいてぇが、上野山下にある片岡屋というところで目利きをしているお人なんだがな」

「徳之助さんが信頼している人なら、わたしは会います」

「ありがてぇ。昨日の釜吉の話をしてもらいてぇんだ。二度手間になって申し訳ねぇが、花活けをもとの家に戻すためには、おめぇの話が重要だと思うんだ」

「もちろん何度でも話しますよ。だって、私はもう徳之助さんのおかみさんになったんですからね。旦那の頼みはなんでも聞きますよ」

「ふふ。ちげぇねぇや」


片岡屋の離れで徳之助がお安を連れて座っている。

千太郎のとなりで由布姫が背中を伸ばした姿に、お安は感心している。

まるで自分も同じような女になりたいと願っていうような目つきである。それは、憧れの目だった。

徳之助の佇まいがいつもと異なっていることに、由布姫は気がついている。千太郎も同じだろうが、あえてそんなことはいわない。後ろで弥市が、小さく首を捻りながら徳之助を見ている。

なにやらぶつぶつこぼしているのは、徳之助の顔がどこか変わっているからだろうか。いままでとは異なり、目元なども締まって見えるのだ。わずか十四、五日の間になにがあったのか。

ふとお安を見ると、その目は常に徳之助に向けられている。

その仕草は信頼と絆で繋がれているようだった。

徳之助に他人と絆を結ぶような真似ができるとは、思ってもいなかった。女をたらし込むときは、本気で惚れているのだろうが、ふたりの間に流れる風は、そんな生易しいものではないように感じる。

お互いが、相手を頼り頼られているという自信に溢れている。

「やい、徳之助。おめぇどこかで修行でもしてきたのかい」

「へぇへぇ、それは並大抵な修行じゃありませんでしたぜ」

そういってから、お安のほうに顔を向けた。

お安も微笑んで見せる。

まるで独り者の弥市に当てつけているようだ。もっとも本人たちにそんなつもりはない。弥市の僻(ひが)みだろう。

やがて徳之助がお安に、例の話をと誘いかけた。

はい、とお安は胸をかすかに張ってから、昨夜、徳之助に伝えた内容と同じ話をもう一度伝えた。

それにすぐ反応を示したのは、由布姫である。

「咳をする男！」

お志津が斬られたとき、イヌワシという小さな声を聞いた。同時にかすかな咳の音も聞こえていた、というのだ。

「とするとお志津さんを斬ったのは、宗方伊織なのですねぇ」

弥市は、もしそうならいますぐにでも佐久間町に行きたいのだろう、十手を懐から取り出して、ぐいとしごいた。

同じように、由布姫は半分腰を浮かしている。

「まぁ、待て待て」

千太郎は、慌てるなとふたりを制する。確かに、宗方という浪人はお志津殺しに関わっているかもしれない。

だが千太郎は、自分が襲われたときの敵の強さを思い出していた。

しかし、それを知る者はいないため、どうして千太郎が止めたのかと怪訝な目で見つめている。

「どうして止めるのです。その浪人は、お志津を襲った男に間違いありません。一歩間違ったら、私も斬られていたでしょう。でも、そうはならなかった、そこになんらかの意図を感じます。このままほうっておくと、千太郎さんも襲われるかもしれませんよ」

「そこだ……」

困ったような顔をしている千太郎を見て、由布姫はあっと声を上げた。

「ひょっとして、すでに襲われたのですね」

仕方がない、と千太郎は由布姫を見る。

「黙っていて悪かった。心配させたくなかったのだ」

「そんな大事なことを……」

弥市は、水くせぇと口を尖らせながら、

「俺たちは一蓮托生(いちれんたくしょう)ですぜ。どんな危険にあったとしても、あっしは、千太郎の旦那と一緒に斬られます」

「ふうむ。悪気はなかったのだ、許せ。だがな、私を襲った相手が宗方という浪人だとしたら、その者はただの刺客ではない」

「どういうことです」

由布姫は、目を吊り上げる。自分がないがしろにされたと気分を害しているのはあきらかだ。

先程から、徳之助とお安の熱々ぶりを見せられているのだから、よけいなのだろう。

弥市は、暴走されたらまずいと、

「まぁ、雪さん、千太郎さんもみんなの気持ちを思ったからでしょう。ここは喧嘩をするより、お志津さんを斬ったり、おふたりを襲ったのがその野郎だとしたら、どう対応するか、それをしっかりと考えたほうがいいですよ」

「……そうですね」

弥市の冷静な言葉に、由布姫の気持ちも落ち着いた。

千太郎は、襲われたときの話をする。

姿が見えなかったし、居場所を知るまでも難しかったと伝える。由布姫は、それは忍びに違いない、と断言する。

「でもひと口に忍びといっても……」

弥市は、首を傾げる。

「公儀ということはねぇでしょうねぇ」

「盗まれた花活けがそれほど大きな問題だとは思えません」

由布姫が、疑問を呈する。

「確かに、花活けの事件と千太郎さんや雪さんたちが襲われた件は、切り離して考えたほうがいいような気がします」

それは、千太郎も由布姫も同じ気持ちだった。

「お安さん、釜吉はイヌワシについてほとんど語らなかったのだな」

千太郎の問いに、はいと答えたお安は、顔をしかめて、思い出そうとしているようだが、

「よけいなことを教えると、私が危ないといわれまして、ほとんど詳しいことは聞かされていませんでした」

「なるほど」

思ったより大きな組織が動いているようだ。

「波平さんによりますと、一時、奉行所のなかにもイヌワシの仲間がいるのではないか、という噂が立っていたそうです」

「なにかそう考える理由があるのだろう」

「へぇ、あまりにも容赦のねぇ殺しをやりますからねぇ。それに、いつもあと一歩と

いうところまで追い詰めるのですが、すんでのところで逃げられてしまう、という話でした」

千太郎は由布姫と目を交わしながら、

「奉行所から秘密が漏れているという話になるのか……」

へぇ、と弥市も悔しそうだ。

「仲間内にこっちの行動をばらすような人がいたら、捕まえるのは無理です。でも、本当にそんな裏切り者がいるんでしょうか」

疑問を語る弥市の言葉で、千太郎、由布姫は同じ人物の顔を思い浮かべている。弥市もそれに気がついたのだろう、

「まさか……あの人が」

弥市の尖った口はさらに尖りそうだった。

二

暗い話になり、徳之助はなんとなく不安な顔を見せた。せっかくお安とこれから暮らしていけると張り切っていたのに、面倒な揉め事に巻き込まれてしまったのだ。改

めて、お安とのきっかけを思い出す。

徳之助の目が沈んでいる姿に、由布姫が気がついた。

「お安さん、心配でしょうが大丈夫ですよ。ふたりの祝言は千太郎さんが盛大にやってくれるそうですから」

ねぇ、と由布姫は千太郎に目線を送る。だまってふたりを励ましたほうがいいと目が訴えている。

千太郎はかすかに顎を引いて、

「おうおう。そうだそうだ。お安さんは気にすることはない。釜吉との付き合いはすでに過去のものだ。これからは徳之助ときちんと祝言を挙げて、ふたりで暮らしていけばいい」

「はい、ありがとうございます」

うれしそうにお安は、徳之助の膝に手を当てて、

「徳之助さん、私たちだけは楽しい顔をしていないといけませんよ」

お安の言葉に、徳之助も暗い顔をやめて自分の掌を載せる。

「そうだったな。これからは明るい先が待っているんだ。釜吉の件を千太郎さんたちに伝えたら、俺たちの仕事はそれで終わりだ。とっとと帰ろう、帰ろう」

現金な徳之助の態度の変化に、弥市は苦笑するしかない。

千太郎は、ニコニコしながら、

「本当に、お前たちの祝言は私が中心になって開いてあげよう。だから大船に乗ったつもりでいるがよい」

「へぇ、それはもう、絶対に沈まねぇ船にしておくんなさい」

「まかせておけ、なぁ、雪さん」

はい、という顔で由布姫もお安に微笑みを与えた。

千太郎と由布姫の言葉にお安は、にこりとしながら頭を下げる。その顔はさっきまでイヌワシについて考えていたときとはまるで異なっていた。

「よし、お安さん、その顔だ」

千太郎も由布姫もふたりを見ているだけで、幸福な気持ちになっているのだった。


徳之助とお安は千太郎たちと別れた。

片岡屋を出ると、山下の喧騒が目に入る。

奥山よりは猥雑な雰囲気だが、そんなことはふたりにとっては、取るに足らない。

これから先の話をしながら歩いているからだ。

街路樹が秋の華やかさを彩(いろど)っている。

紅葉した銀杏の木が、黄色い。

ほかの木々の葉も赤や柿色などに変化して、枯れ葉が舞う姿もふたりを祝っているようだ。

お安は、徳之助のわずかに後ろを歩いている。徳之助が、自分のとなりに来るように誘う。

「いいのです。こうやって後ろを歩くほうが楽しいのです」

お安は、前に出ない。

「なぜだい」

「徳之助さんの後ろ姿が好きだからです」

「おかしなことをいうなぁ」

それでもお安は、ちょっとだけ前に出て、

「横を歩くのも嫌いではありません」

「だったら、最初からそうしたらいいじゃねぇか」

「はい」

うきうきした様子がお安の全身から湧き出ている。

徳之助は、お安の横顔を見ながら、

「俺は本当にいい女と出会うことができたぜ」

「あら、真の言葉ですか」

「もちろんだ。弥市親分に礼をいうのを忘れてしまったなぁ」

「今度お会いしたときに、私からもお伝えしておきましょう」

「そうだな。まぁ、あの親分のことだから、仲のいいのを見せつけに来たのかとでもいいそうだが」

徳之助の言葉にお安は、ほほほと白い歯を見せる。秋の光に輝くお安の白い顔を見て、徳之助が呟いた。

「まるで弁天さまだ」

「なんです？」

聞こえなかったのだろう、お安が徳之助のとなりまで進んだ。

「弁天さまと俺は祝言できるらしい、といったんだ」

「まぁ、それは誉め過ぎです」

「親分が聞いたら、茶々を入れることだろうなぁ」

またふたりは目を合わせて笑った。

大川沿いを柳橋に向かって下りていく。川風が少し冷たいが、熱くなっているふたりにはあまり感じない。

だが、秋の天気は変化が激しい。

柳橋が見える頃になって、雨が降り始めた。

風もときどき強く吹き、お安の顔色に変化が起きた。

傘屋を探そうとしたが、近所にはない。

「少々濡れても気にしませんよ」

気丈だったが顔色が悪くなったお安を見て、

「どうした。寒いのかい」

足を止めて徳之助は心配そうに顔を窺う。

「ちょっと雨で体が冷えたようです」

「それはいけねぇ。長屋はもうすぐだが、少しその辺で休んでいくか」

通りを見渡すと、船宿があった。そこで体を休めようと徳之助はいうのだったが、

お安は大丈夫だと、歩き続ける。

「いえ、柳橋はすぐ目の前ですから」

「それはそうだが」

苦しそうにするお安の肩を抱いた。

「ちょっとそこで雨宿りをしたほうがいい」

徳之助は、お安を船宿の方向へと導こうとしたが、

「う……」

いきなりお安がその場にうずくまった。持病があるわけではない。やはり急激な雨と風に体が冷えたのだろうか。

徳之助は、しゃがみ込んだお安を見て、不安にかられる。

「よし、すぐそこに医者がいる。そこまで行こう」

「少しすれば大丈夫だと思います」

「前にもあったのかい、こんなになったことが」

「いえ、初めてです」

「それならいいが。なにかの病気だったら困るからな」

「ご心配おかけしてすみません」

いいんだといいながら、徳之助は心配そうにして、そばに寄って来た職人ふうの男を見た。

「おやぁ？　為さんじゃねぇかい」

その顔は、長屋に住むお峰の旦那為助だった。

「やはり、徳さんにお安さんか。どうしたんだいこんなところで」

為助も傘は持たずに、濡れたまま歩いているようだった。

「さっきから苦しそうにしている人がいるなぁ、と思って見ていたら徳さんとお安さんじゃねぇか。驚いて駆けつけたんだが、どうしたんだ」

「なに、癪(しゃく)でも起こしてんじゃねぇかと思うんだがな」

「そらぁいけねぇ。そうだ、すぐそこに医者がいたはずだ、呼んで来ようか」

「為さんにそんなことを頼むのは申し訳ねぇ。あっしが呼んで来るから、お安をみていてくれねぇかい」

「あぁ、わかった。場所は知ってるかい」

為助に医師の住まいを聞いて、徳之助はお安にちょっと待っていろ、と声をかけてからその場を離れた。

医師の住まいは柳橋から両国へ一丁ほど向かったところにあるらしい。

大川沿いにある仕舞屋(しもたや)で、承安(しょうあん)という看板が出ているから、すぐわかるだろう、という話だった。

しかし、雨が降っているせいか、なかなかその看板が見つからない。

うろうろしている間に刻は過ぎていく。

その間もお安が苦しそうにしているかと思うと、徳之助はさらに焦ってしまった。

ようやく、看板を見つけて仕舞屋の入り口を叩いた。坊主頭の男が出て来た。

徳之助は、急病人だといって詳しくは説明もせずに、道に倒れているから助けてくれ、と頼み込んだ。

承安は気のいい医師だった。

「よし、連れて行け」

すぐ手提げの道具を用意をして出て来た。

「ありがてぇ。雨が降ってますから傘を」

「そんなものはいらん、早く病人のところへ連れて行け」

坊主頭の承安は、そういって徳之助を促した。為助がいうように、気のいい医師で手を合わせたいほどだ。

川沿いに柳橋に向かった。

途中、雨は強くなり横殴りになっている。こんな雨なら傘を差しても無駄になっただろう。

ときどき傘をつぼめたまま走っていく者たちとすれ違う。全部開いてしまうと、突風に持っていかれてしまうからだろう。

一丁を駆け抜けて、柳橋が見えるところまでやって来た。そのあたりにお安と為助がいるはずだが、雨のせいか、はっきり見えない。

「おかしいなぁ」

このあたりのはずだ、と徳之助は慌てる。強い雨と風を避けるために、その辺の軒下にでも入っているかもしれない、という承安の言葉を聞いて、徳之助は周囲を走り回った。

だが、ふたりの姿は見えない。

「どこに行ってしまったんだ」

雨のなか突っ立っていると、

「徳さん……」

雨の屏風のなかから、男がふらふら歩いて来る姿が見えてきた。

「為助さん、どうしたんだい。お安はどうした！」

為助ひとりでお安の姿はない。

「それが……」

雨に打たれながらも、為助の顔が青くなっているのがはっきりわかった。

「お安は！　お安はどこです！」

「……あっちだ」

「案内しておくんなさい」

すぐ承安を手招きして、こちらだと合図する。

為助は茫然とした顔つきで、徳之助をきちんと見ない。どうした、お安は大丈夫か、と問うがまともな返答は戻ってこない。

「為さん！　しっかりしてくれ！　お安はどこなんです」

肩を摑んで揺すった。

そのあたりに倒れているとしたら、雨でびしょ濡れになっていることだろう。そのままにしていては、体はどんどん弱っていく。

徳之助は早くお安のところに行って、承安先生に診せたいと叫んだ。

すぐ濡れ鼠になった承安がとなりで叫んだ。

「早くしねぇとこの雨だ。熱でも出たらおおごとになってしまいますよ」

為助に向かって叫んだ。

「へぇ……こちらへ」

為助は、魂が抜けたような声で告げる。

その姿に徳之助は不安を感じた。

お安になにか異変でも起きたのではないか。まさかいままでの言動は芝居で、徳之助から逃げたということはないだろう。

本当はイヌワシの仲間で、徳之助に真実を語ることができなくて、それを苦にして病気の芝居をしたのではないか。

「まさか、いまさらお安がそんな真似をするわけがねぇ」

ひとりごちながら、徳之助は為助の後をついていく。

為助は、柳橋を渡った。

どうしてこんなところに来たのか、怪訝な目で為助を見ても、ぼんやりした顔に変化はない。

振り続ける雨が邪魔だ。

雨粒が目のなかに入って、痛い。

だが、いまはそんな感覚も麻痺するようだった。

お安……。

いまから助けるぞ、待っていろ。

徳之助は心で叫びながら、橋を渡った。そのあたりは、大きな料理屋が数軒並んでいる。船宿も神田川沿いにあり、雨に煙っている。

「そうか、どこかの船宿に入ったんだな」

為助に声をかけたが、そうだとも違うとも返答はない。やがて為助の体が震え始め、

「あそこだ……」

足を止めて、雨の先を指差した。

「どこの船宿なんです」

指先にそれらしき建物はない。為助が指差した先は道路の端である。目を凝らして見ると、そこに誰かが倒れているような姿が目に入った。

「まさか！」

思わず為助に目を向けた。

「すまねぇ」

「な、なんだって！」

思わず駈けだした。雨のしぶきが跳ねるのもかまわず倒れている姿の近くまで駆け寄って、立ちすくんだ、それから大声で叫んだ！

「お安！」

三

お安、お安、お安！

雨に打たれっぱなしになったお安の体を抱き起こしながら、何度も雨のなかで叫んだ。お安の体の下から血が流れている。

徳之助の声にお安が気がついたのか、うっすらとまぶたを開いた。

「徳之助さん……ごめんなさい」

「どうしたんだ。誰にやられた！」

「私……」

「なんだ、どうした」

徳之助はしっかりとお安の体を抱きしめ、耳を口元に近づけた。

「幸せでした……でも、私みたいな女が幸せになってはいけないのかもしれません」

「馬鹿なことをいうな。眠るな、起きているんだ。傷は浅いぞ！」

「徳之助さん、いろいろありがとう」

「お安！」

何度も、何度も、何度も徳之助はお安の名前を呼び続ける。

だが、お安の体からは力が抜けていく。

魂が一緒に抜けていくような不思議な感覚だった。

徳之助のとなりに、為助と承安が並んだ。

「どうしたんだい」

承安が、為助に訊いてからすぐ体を倒して、徳之助が抱いているお安の顔を覗き込んだ。

手で額に触れ、頬に触れ、次に瞼を開いた。

「亡くなっている」

「なんだって！」

「しかも……これは……刀傷……」

承安が怪訝な目を為助に向けた。

為助は、茫然としたままだ。ときどき荒い息を吐いているのだが、なにが起きたか説明がない。

徳之助は抱いていたお安の体を承安に預けて、

「為助てめぇか！」

そんなわけはないと思いながらも、立ち上がると、つい、為助の胸を摑んで思いっきり揺すぶった。

「まさか……だけど、おれが、おれが悪いんだ」

「そうだ、てめぇだ！　ちゃんと見ていてくれなかったからだ！」

徳之助は、半狂乱である。

それを承安がなだめながら、

「これを見てみろ」

そういってお安の首から胸にかけて斬られた跡を示した。丸太でも斬られているような気持ちだった。

「な、なんだこれは。誰がこんなことをしたんだ」

為助に尋ねるが、あわわとことばにならない。為助自身も動転しているからだ。冷静に状況を判断しているのは、医師の承安だけである。

「とにかく誰か役人を呼ばないと」

「そんなことはいいから、どうなっているのか、為助に訊きてぇ」

涙と雨でくしゃくしゃになった顔を、徳之助は為助に向けている。

「すまねぇ、あっしがいけなかったんだ」

「そんな科白はいらねぇ。とにかくなにが起きたのか、はっきりしてくれ。おめぇさんがお安から離れたのかい」

「そうじゃねぇ。お安さんをなんとか雨宿りさせてぇと思って、この軒下のほうに連れて来たんだ。すると、いきなり黒い塊がそこの路地から出て来て、さぁっと走り抜けて行ったんだ」

「黒い塊だと？」

「そうだ、俺はなにが通り過ぎて行ったのかまったくわからなかった。だけど、そいつがいなくなったと思ったら、お安さんがここに倒れていた……」

「黒い塊の顔は見ただろう」

「あっという間のできごとだったから……」

「見てねぇというのかい」

すまねぇ、すまねぇと為助は、泣きじゃくっているだけである。徳之助としても、為助に落ち度はないとわかっているのだが、つい目の前にいるから、不満をふっかけてしまうしかない。

お安が斬られた悔しい気持ちをぶつけることができるのは、為助しかいないのだ。

「為助さん、とにかくそこの自身番から町役でも書役でも呼んで来ておくんない。番太郎でもかまいませんから」

「へぇ……」

　はぁはぁと荒い呼吸をしながら、為助はその場から離れていった。

「承安さん、なんとか生き返らせてくれねぇか」

「そんな無茶な。これは相当に腕の立つ侍が斬ったと思えるなぁ。なにしろ一太刀で急所を斬っている」

「そんなことで感心されても困るぜ」

「違う。これだけの腕を持つ侍なら名のある人だ、と考えたのですよ。八丁堀あたりが調べたら、それだけの腕を持つ侍の名前がわかるんじゃないですかねぇ」

「あぁ、そういうことか」

　いわれてみたら、承安の言葉は下手人探しの手がかりになるかもしれねぇ、と徳之助は考えたが、

「待てよ……イヌワシの仲間だとしたら……」

　そうだとしたら、敵の正体はまるでつかめていないはずだ。お安を斬った相手が誰かわからぬままで終わってしまうかもしれない。

　だが、ふと気になったことがあった。

「為助さんに訊きてぇことがある……」

為助はいま町役を呼びに行っている。戻って来たら、確かめてみよう。それは、黒い塊から咳が聞こえなかったかどうかだ。

もし聞こえていたら、佐久間町の長屋に住む浪人、宗方伊織に違いない。

そうだとしたら、すぐ弥市親分に連絡しなければいけない。


為助が戻って来た。

一緒に来たのは、町役だろう。ちょっと老齢の男だが、行動はてきぱきしていた。どんな状況だったのか訊きてぇと為助に説明を求める。

説明は、徳之助にしたのと同じだった。それは当然だろう、ほとんど目の前で起きたことがわからないのだ。

聞かされている町役も、なにが起きたのかそれじゃ判断することはできねぇ、と首を傾げるだけである。

そこに、土地の御用聞きらしき男がやって来た。徳之助は見たことのない岡っ引きだった。

弥市の密偵をしているだけあり、土地の御用聞きはどんな者がいるのか、気にかけているのである。

「あっしは、このあたりを仕切っている御用聞きで、常蔵って者だが、あんたが徳之助さんかい」

嫌な岡っ引きに見られるようなねちっこさはなかった。

「へぇ……」

それでも、どんな御用聞きかわからず、下手に出る。なかにはとんでもねぇごろつきが十手をかさに、おためごかしに金を要求するようなこともある。

この御用聞きはまともなほうらしい。徳之助の話をしっかり聞いてから、

「あの人はあんたのいい人だったんだな」

「女房になるはずだった」

「そうかい、それは可哀想に。で、いまこんな話を訊くのは、野暮ってもんだが、その人になにか殺されるような理由は見当がつくなら教えてもらいてぇ」

「そんな話があるはずありませんや」

釜吉の件もイヌワシについても、喋る気はなかった。

「そうか。それならどうしてこのお安さんが命を取られたのか。それが不思議な話になるんだがなぁ」

常蔵は、首を傾げる。それはそうだろう、物盗りにも思えない。ただ、お安の命だけを狙ったような斬り方だ。

普通に考えたら、お安は最初から狙われていたとなるだろう。常蔵も同じだった。

お安の体は、濡れたままじゃ可哀想だ、と承安が軒下に運んでいる。

そこは雨はしのげるが、風は当たる。

常蔵は、町役にいって筵（むしろ）を用意させた。徳之助が自分で、筵をお安の体にかぶせた。

「お安……すまねぇ、離れるんじゃなかった」

涙を流しながら、徳之助はお安の顔をもう一度じっくり見る。その顔を目に焼き付けておこうとするその仕種に、為助は声も出ない。

「徳之助さん……申し訳ねぇ」

震える声を出す為助に、徳之助は力のない目を向ける。

「為さん、さっきはこちらこそ申し訳なかった。あまりにも急なことで動転していたんだ。あんたを責める気はねぇんだが」

「いや、おめぇの気持ちはよくわかる。俺がもっとしっかりしていたら、こんなことにはなっていなかったかもしれねぇんだ」

ぐずぐずと流れてくるのは、鼻水なのか雨なのか。

「俺がそばにいたらこんなことにならなくて済んだかもしれねぇ」

「いや、それは同じだっただろうよ」

常蔵が後ろから、声をかけた。

「可哀想だがな、この傷を見ろ。これはそうとうな手練だ」

「あぁ、たとえ俺がいて戦ったとしても、勝てる相手じゃなかったかもしれねぇ。でも、なんとか抵抗はできたはずだ。それが悔しいんだ」

「おめぇさんの気持ちはわかるぜ」

「わからねぇよ、わかるわけねぇよ、わかるもんか」

徳之助は、雨に打たれながらお安の前に座り続けていた。

しばらくして、検死の役人が来てお安の死骸を運び出した。

「そうだ為助さん」

「申し訳ねぇ」

また怒鳴られると思ったのだろう、為助は頭を下げる。

「そうじゃねぇんだ。その黒い塊が通り過ぎて行くとき、でなければ逃げて行く途中でもいい、なにか咳のような音は聞こえなかったかい」

「咳、か……」

目を細めて、しばらく思い出すような仕草をしていた為助は、ぱっと目を開いた。

「そういえば、雨とはまた違う音が聞こえていたような気がするぜ。そうだ、咳だ、咳をしたんだよ、その塊は」

「そうか、やはり……」

塊は宗方伊織に違いない。

「くそ……絶対に敵を討つぜ」

雨が降り続く天を仰いで、口を開いた。

雨粒が降り注ぐのも構わず、徳之助は口を開き続けていた。

四

濡れねずみの徳之助が片岡屋の離れに戻って来た。

いつの間にか、ぼんやりと庭に突っ立っていたのだ。その姿はまるで死人のようだった。濡れた姿は、まるで溺れた烏のようだった。

「どうした……」

庭先に佇んだまま、入って来ようとしない徳之助の姿を見て、千太郎は異変が起きたと気がついた。由布姫も同じだった。

「徳之助！」

弥市は、波平とどこか見廻りに行くといって、帰った後だ。

雨は激しく徳之助の頭から肩を濡らし続ける。音を立てて、付近の木々からは雨音が聞こえているが、徳之助の周囲だけは音が消えているようだった。

髷はすっかり水を含んで、そこから水滴が滴り落ちている。

「徳之助さん、どうしたんです」

由布姫が傘を持ち出して、徳之助のそばまで進んだ。

地面が水のために緩んでいる。

足袋（たび）を茶色に汚しながら、由布姫は徳之助の前に進み、傘を差し出した。

「すみません」

消え入りそうな声で、徳之助が礼をいう。だが、その目は由布姫を見てない。千太郎も見ていない。どこも見ていなかった。

「とにかく上がって」

ぼんやりしている徳之助の袖を引っ張って、縁側から部屋に上げた。

「お安さんはどうしたんです」

ゆっくりと徳之助の目が由布姫に向けられた。その目は目の前にいる由布姫を見ているわけではなさそうだった。

由布姫はなにか不吉なものを感じた。

「徳之助さん、お安さんは！」

返答はない。

なにかいおうとしているのだが、唇がわなわなと震えているだけで、言葉にならない。黒目がかすかに蠢（うごめ）いた。

千太郎が由布姫のとなりに寄って来て、目を合わせた。徳之助はどうしたのだ、と問うているのだが、すぐ由布姫の眼の奥にある闇に気がついた。

「まさか……」

千太郎は徳之助に目を向けた。

さっきまでお安と一緒にいたときとは、別人のような佇まいを見せる徳之助に、千太郎は気がついた。

「お安になにがあったのだ」

ぼぉっとしている徳之助の肩を摑んだ。

「死にました」

「なに……」

「斬られました。柳橋に戻る途中で、斬られて死にました」

「斬ったのは誰だ。わかっているのか」

「おそらくは、お志津さんを斬った野郎と同じです」

「というと、宗方という浪人か」

「まちげぇねぇと思います。斬られたときに一緒にいた野郎が、咳のような音を聞いていました」

その答えを聞いた由布姫が色めき立った。

「すぐ佐久間町に行きましょう」

千太郎の手を引いた。

「待て、待て、本当にその宗方という浪人が斬ったという証拠はまだない」

「そんな悠長なことをいっていたら、いつになってもお志津の敵討ちはできません」

「できる。その日はかならず来るから、焦るな」

「焦ってなどいません。逃げられたら困ると思っているだけです」

逃げられる、ということばで徳之助の目がキラリと光った。

「それはいけねぇ。仇を討ってもらいてぇ」

　早く佐久間町に行ってもらいたいと徳之助もいいたそうだ。敵討ちという言葉で、ようやく気持ちが戻ってきたらしい。

　千太郎はもう一度、慌てるなといって徳之助を落ち着かせると、

「どんな状況で斬られたのだ。そこから話を聞かせるんだ」

　徳之助は、へぇと座りなおして、雨が降りだしたところから話しだす。千太郎と由布姫はじっと聞いている。

「お安さんは以前から体が弱かったのか」

「いえ、そんな感じはありませんでした。あのとき雨と風が体に良くなかったのかもしれねぇ」

　ううむ、と千太郎は腕を組んで目をつぶった。

「なにかおかしなところでもあるのですか」

　由布姫が怪訝な目をする。

「一番の問題は、お安さんがどうして斬られねばならなかったかだ」

「そうですねぇ」

「宗方という浪人は、釜吉と繋がっていました。釜吉はまたイヌワシとも繋がりがあるようですね」

　由布姫が考え考え意見を述べる。

「そこにお安さんが殺された謎が隠されているような気がする」

　千太郎が頷いた。

「謎、ですかい……」

　徳之助は、お安が斬られた理由が知りたい、と呟く。

「釜吉との間で交わされた会話のなかに、なにかイヌワシに関わりのある内容が含まれているのかもしれぬ。本当はそんな会話はなかったとしても、イヌワシ側としては、お安の口封じをしたかったのではないか」

「くそ……釜吉は死んでまで人の邪魔をする野郎だ」

　吐き捨てるように徳之助はいった。

「釜吉からイヌワシについては、なにも聞かされていなかったのだな」

「お安はそういってました……まさか、あっしには隠していたと……」

「それはわからぬ。だが、ひとつだけお前の話を聞いていて気がついたことがある」

「なんです、それは」

　どんなことでも手がかりになるのなら、徳之助は聞いておきたいと、身を乗り出した。

「おまえには酷な話だと思うが」

　千太郎の声は苦渋に満ちていた。

「どんなことでも、もう驚きはしませんや」

「ならばいおう。お安さんは命を狙われていることに気がついたのだ」

「まさか」

「そこで、一計を案じた。自分が殺されるのはしょうがないが、徳之助まで道連れにはしたくなかった」

「あ……」

「そこで、急病を偽ったのだ」

「そんな馬鹿な、あっしが一緒にいたほうがいいじゃねぇかい」

「イヌワシから放たれた刺客の腕を知っておるであろう」

「そうとうな手練だと聞いています」

「だから、おまえがいてはかえって困ることになる。先にお前が斬られてしまうかもしれんからな」

「お安は俺を助けるために、病気を装ったというんですかい」

「そう考えねば、しっくりこぬであろう。普段から体が弱かったというなら、話はわかるが、どうして急に癪などを起こしたのだ。お前を自分から遠ざけようとしたのだ。それしか考えられぬ」

「あの病は、嘘だった……お安は俺を助けるために……」

「ひとりになりたかったのだ」

「ううううう」

徳之助の顔が崩れ始める。

「そんな、そんな、そんな！　どうして一緒に死のうとしてくれなかったんだい！　お安！　あぁ！　あぁ！　お安！」

悶え死ぬのではないか、と思えるほど徳之助は体を捩りながら、叫び続ける。

軒下に衝突する雨音が霞んでしまうほどだ。

由布姫はどう声をかけたらいいのかわからず、ただ徳之助のうめき声や、叫び声を聞いているしかない。

千太郎は、腕を組んだまま目を閉じている。

五

徳之助は、柳橋のみんなに報告するといって腰を上げ、片岡屋から離れていった。

すぐ入れ替わって、治右衛門が離れに顔を出した。

「なんです、いまの狼の遠吠えのような音は」

叱り飛ばそうとして来たのだろうが、

「どうやら、その顔を見ると、とんでもないことが起きたようですね」

由布姫は、徳之助とお安について語った。

長い話だったが、それをじっと最後まで聞いていた治右衛門は、

「そんなことが起きていたのですか」

「哀しいではないか」

千太郎が、組んでいた腕を解きながら呟いた。

「徳之助さんとは、弥市親分さんの密偵のような仕事を請け負っていた人ですね」

「そうだ」

沈んだ声も変わらず、千太郎が答える。

「では、私にひと肌脱がさせてください」

「なにをするというのだ」

「お安さんの葬儀は私が引き受けます」

「なんと」

「私も片岡屋の主人です。千太郎さんに目利きを頼んだのが百年目でしょう。それにいつの間にか、雪さんがここに住んでいるのではないかと思えるほど、入り浸っている。いや不服をいっているのではありませんよ」

「ふむ……」

まだ、なにかいいたりなさそうにしている治右衛門の目を見る。

「おふたりは、なにやらいわくのあるご身分のようです」

「これはこれは」

「私も目利きですからな。鑑定するのは、書画骨董、刀剣の類だけではありません。人を見る目もあると思っております」

「なるほど」

それ以外、千太郎は答える言葉がない。

「それと、これはひとりごとですが……」

治右衛門はじろりとふたりを流し見て、

「ある下総のお殿さまが江戸屋敷を抜け出して、なにやら江戸の町で暮らしているのではないか、という噂を耳にしたことがあります。そのおかたは、なんとまぁ、祝言が嫌になって逃げたということでしてなぁ」

「ほほう、そんな噂が立っていたとはなぁ。そんな殿さまの下で働く者たちは、人変であろうなぁ」

まるで他人事のように、千太郎は笑った。

「そうです、そうです。ですから国許では、なにやら不穏な動きがある、という噂も聞きましたが、おそらくそのお殿さまは脳天気なお方らしいですから、国許に火がつきそうになっていることなどまったくご存じではないようです」

「なんですって！」

大きな声を出したのは、由布姫だった。

「それに、おかしなことに、縁談相手のお姫さままでが、ときどき上屋敷を抜け出しては、そのお殿さまのところにいるとか、いないとか」

千太郎と由布姫は言葉を失っている。

自分たちの身分がばれたと驚いているのではない。千太郎の国許でなにやら、おかしな動きが起きているという話に衝撃を受けているのだ。

「まぁ、おふたりには関わりのない話でしょう。とにかくこれはひとりごとでした」

言い終えると、すっくと立ち上がり、

「とにかく、お安さんの葬儀はお任せください」

「すまぬ」

ようやく千太郎は、それだけ返した。

治右衛門が部屋から出て行くと、由布姫は千太郎に詰め寄った。

「いまの話を聞きましたか。どういうことです」

「いや、まったく知らなかった。先日、お志津の葬儀に来た市之丞もそんな話はしておらぬ。なにかあったら真っ先に私に知らせるはずだが」

「市之丞さんも、言い難かったのかもしれませんねぇ」

「国許でなにが起きているというのだろうか」

「私たちに関わりのあることでしょうか」

「イヌワシとも関わりがあるとしたら……」

「イヌワシが……としたら刺客は国許から放たれたということになります」

「もしそうだとしたら、これは大変なことになる。市之丞にすぐ文を出そう」

はい、と由布姫は返事をしてから、

「その前にこちらで片付けておかねばいけないことがあります」

「ふむ、宗方伊織だな」

「どうしてもお志津の仇を討たねば……」

そうだな、と千太郎は答えて由布姫と目を交わす。

「行くか」

「はい、行きます」

ふたりは、おもむろに立ち上がった。その目には決死の覚悟が浮かんでいた。


宗方伊織との対決――。

神田川の水はどこか淀んでいる。

柳原の土手から見える家々は、秋の木々の色に染まっている。

これが冬になると、また町並みの景色は変わるのだろう。道端の野草が枯れた色を見せているのが、どこか寂しい。

宗方伊織の住まいがある佐久間町は、神田川沿いにある。

千太郎と男装をした由布姫は宗方が住む長屋を近所の自身番で訊き、木戸前までたどり着いていた。

木戸が秋風に吹かれて揺れている。そばに生えている草も同じように揺れて、ときどき風に乗って異様な臭気も漂ってくる。近所に銀杏の木があるらしい。

千太郎は、鼻を摘むような仕種を見せ、溝板をガタガタと鳴らしながら、長屋に入っていった。

宗方が住んでいるのは、右側の一番奥ということだった。戸口の前に立った千太郎は、声をかけずにどんどんと障子戸を叩いた。

そのほうが驚いて、出て来るだろう。

案の定、なかから誰だ、と問う声がして、戸が三寸ほど開いた。顔がかすかに見えているが、表情は窺えない。

無理やり開いても逆効果だろう、千太郎はもっと開くまでじっと待った。由布姫は後ろで待っている。

かすかに咳をする音が聞こえる。

「なんの用だ」

しわがれ声が聞こえてきた。

「ちょっと話でもしてみたいと思うてな」

「なんだ、それは。惚けた野郎だ」

「まぁ、ちと目利きに来たとでも思ってもらうとよろしい」

「目利きだと……」

「ひと口に目利きといっても……」

そこで、戸がすべて開いた。

「なにをぐちゃぐちゃと」

顔が土気色になった男だった。あきらかに体の具合が悪いと感じられる。咳をしているのは、そのせいかもしれない。

「表に出たらどうだ」

千太郎の言葉に、男はふんと鼻を鳴らしただけである。

「宗方伊織であるな」

じっくり見ながら千太郎が訊いた。

「どうして名前を知っておる。ははぁ、やっと見つけてここまで来たということか」

さらに戸が開いて、着流しの浪人が表に出て来た。よれよれになった渋茶色の木綿を着ていた。

「宗方伊織であるな」

「何度もしつこい男だ。そうだとしたら、どうなる」

「死んでもらうかもしれんなぁ」

「ほう、それは大きく出たものだ。この俺を斬るというのか」

「かなりの遣い手だというのは、知っておる。以前、私を襲ったであろう」

「おぬしを、襲っただって……おかしなことを。おぬしの顔など、初めて見た」

「これは異なことを……」

そういって、千太郎は気合いを宗方にぶつけた。だが、それは素通りをしていく。

「ほほう、これは間違いであったか。となれば、あのときの者は誰であったのか」

八丁堀に行く途中で襲って来た相手は、宗方ではない。としたらほかにも敵がいるということになる。

「これは面倒なことになったものだ」

ぶつぶついう千太郎に、宗方は呆れながら、

「おぬし、なにをしに来たのだ。本当に俺を斬るために来たとは思えぬ」

「ははは。まぁ、よい。敵は大勢いたほうが楽しい」

「いい加減にしろ」

宗方が表に出た瞬間だった。

「お志津の仇！」

後ろから由布姫が、宗方に斬りかかった。

「な、なんだ今度は男装の女か」

宗方の動きは素早かった。

千太郎と由布姫の隙間をかすめて、あっという間に溝板の上を飛び越え表通りに出てしまった。

「あんな狭いところでは、戦うことはできんからな」

足を止めて、にやりと笑ってからまた走りだした。今度は通りから、柳原の土手を下に降りて河原に出た。

それほど広くはないが、ここなら誰の邪魔も入らずに、戦えるだろう。宗方は千太郎と由布姫をこの場まで誘い出したのである。

そばに猫の死骸でもあるのか、嫌な臭気が漂っている。宗方はそんなことは気にならないらしい。

すたすたと歩いて行くと、川原石などのない場所に立った。

「さぁ、ここなら存分に戦えるだろう」

口を歪めた瞬間だった、

「死ねぇ！」

由布姫が打ちかかった。

小太刀を振るうその姿は、まさに鬼女のような形相である。お志津の仇なのだ、それも当然だろう。男装の袴が空に舞い、小太刀がきらりと光る。

千太郎が手助けしようと、柄に手をかけた。

だが、由布姫は冷たい声で、

「私ひとりでやります、手助けはご無用」

そう呟いた。

宗方は由布姫の初刀をあっさり躱して、悠然と立っている。

余裕の表情で、鯉口を切ると青眼に構えた。その構えを見て、千太郎はやはりこの者は例の刺客とは別人だ、と呟いた。

宗方の体から出る気が、あの刺客とは異なるのだ。

例の忍びはもっととげとげしていた。

宗方は、刀の先端をゆらゆらと揺らしながら、由布姫のほうへと前進してくる。その圧力はかなりのものだった。

「む……」

後ろへ下がろうとするが、なぜか由布姫は体が動かない。相手の気合いに負けているのだ。

「私としたことが……」

こんなことで金縛りにあっているわけにはいかない、と飛び込もうとしたとき、

「動いてはだめだ」

千太郎の声が聞こえた。

だが、すでに由布姫の足は地面を蹴っていた。

「罠だ！」

千太郎の声が遠くに聞こえた。

一間ほど前に飛んだ由布姫だったが、宗方の姿が消えている。

「なに……」

気がついたときには後ろに回り込まれていたのである。宗方が前進したのは、由布姫の焦りを誘って、回り込むためだったらしい。

「しまった」

叫んだが、遅い。

「死ね！」

しわがれ声と同時に切っ先が上から落ち、空を切る音がした。とっさに由布姫は、体を倒して横に転がった。

それしか逃げる術はなかった。

逃げながら、横に薙いで脛を狙ったが想定の内だったのだろう、宗方はとんと飛び上がり、由布姫が転がる方向へと瞬時に向きを変えた。

が！

上からたたき降ろされた剣を、由布姫の小太刀が防ぐ。

それで敵の攻撃は終わらない。

今度は、転がる由布姫の体に何度も突きの攻撃が重なった。そのたびに由布姫の体が転がり、逃げた。

とうとう河原の端に出た。

「もう、逃げることはできぬぞ」

下から見上げた宗方の体は、ひときわ大きく見えた。千太郎は、じっと戦況を見つめている。

宗方はすくんだ鼠を前にした猫のように、舌なめずりをしながら、切っ先を由布姫の喉元に定めた。

いままさに、由布姫の喉に剣先が突き刺さろうとした、そのとき、

「う……」

宗方が、手を引いた。

千太郎の打った小柄が、宗方の切っ先と由布姫の体の間を通り抜けていく。

「ふたりがかりか……」

宗方は、剣先を由布姫の喉に突きつけたまま、顔だけ千太郎に向けた。

「今度は、私が相手だ。そうだ、さっき言い忘れていたが、私は、悪の目利きもやるのでな。それだけを伝えておこう」

「……なにをいまさら」

「いや、これをいわねば、なかなか戦う気になれぬでなぁ」

「やかましい！」

体を翻した宗方は、千太郎目がけて飛び込んだ。

千太郎はそれを予測していたのか、すうっと横に体を滑らせて、袈裟懸けに剣を振った。

宗方は、動きを止めずに、全身で突きを入れてきた。

千太郎は、袈裟懸けから上段に剣を振り上げ、そのまま斬り下げた。

「う……」

素早い剣の移動に、さすがの宗方も目がついていかなかったらしい。

「しまった。おぬし、何者……」

その剣の冴えに、目を丸くしながら千太郎を見つめる。

「上野山下に住む、目利きの千ちゃんだ」

「ばかな……」

首筋を斬られて、血が噴き出ている。

そこに由布姫が静かに寄って来た。

「止めを刺します、覚悟」

小太刀を宗方の胸に突き刺そうとしたとき、

「もう、よい。このままでも死ぬ」

千太郎が由布姫の手首を摑んで止めた。

「しかし」

「気持ちはわかるが、これでよい。私たちにはまだ、やることが残っている」

悔しそうな目をする由布姫だが、千太郎の言葉に従い剣を引いた。

「このままお前を打ち捨てる。医者に行こうと、ここで野垂れ死にしようとかってにいたすがよい」

千太郎の言葉に、宗方は目を見開き、

「殺さぬのか」

「悪党でも、命を取るのは好まぬ。早く医者に行け。ただし、手を貸すことはせぬから自力で行くのだな」

膝を折ったまま、宗方は荒い呼吸を続けていた。

六

笹原家は、秋の気配とはまるで関係のないところで生きているようだった。

荒れた玄関前は、枯れ葉が舞い野良犬がのそのそ歩いて、小便でもしそうな雰囲気である。

「まったく、近頃の旗本は自分の家もきちんとできないのでしょうか」

由布姫は、憤懣やるかたないという顔で吐き捨てる。

「近頃は金がない旗本が増えているという話が多い。商人に借金を申し込んでいるのは、旗本だけではない」

大名も変わりない、とはいいたくない。

幕府の政に間違いがあるのか、それとも原因はほかにあるのか。

目の前にいる笹原治部は、この世の不幸を一身に背負っているような表情で、

「花活けはまだ見つからぬのですな」

突然、訪ねて来た千太郎と由布姫を迷惑そうに見つめる。

廊下寄りには、用人の三田村重吉がはべっている。

「はい、まだ見つかりませんが、誰があの花活けを盗んだのか、それが判明しました」

その言葉に、由布姫が驚きの目を千太郎に向けた。

まだ、やり残したことというのは、花活けについてだとは予測できていた。しかし、盗んだ者が誰なのか、そこまで千太郎から聞いていなかったからだ。由布姫と同じように、笹原がちらりと千太郎を見る。

「それは本当であろうか」

「はい」

応じてから千太郎は、三田村に目を向けた。

「釜吉たちを使って花活けを盗ませたのは、おぬしだな」

答えはないが、いつかばれるとでも推量していたのか、膝をじりりと動かして、伏せていた目を上げた。

「どうしてそのようなことをしたのだ」

千太郎は、追求する。

三田村は、大きくため息をつくと、

「いつかは眼光鋭いあなたさまにばれると思っていました」

「本物はどこにあるのだ」

その問いに、笹原が声を出した。

「重吉、どういうことか説明しろ」

三田村は、片目を蠢かせて、

「申し訳ありませんでした。本物はすでに質屋へと入れ、流れてしまいました。仕方なく、偽物を買ってごまかしていたのです……」

「なんと、家宝を質に流したとな」

三田村は、手をつきながら語り始める。

それによると、笹原家の貧乏ぶりはいま始まったことではなかった。いまから二年前のこと、笹原が大番組から目付に出世するという話が持ち上がったことがある。そのときに、大番組、組頭の大谷新太夫から賄賂を要求された。

当家にそんな余裕はない。

そこで、主人の出世のためと思って、花活けを質に入れその金子を大谷に渡したというのである。だが、その出世の話はいつまにかうやむやになってしまっていた。賄賂の金額が少なかったからだ、と大谷に笑われたという。

それから、笹原治部の覇気が消えたというのだった。

「そんなことがあったのか」

さきほど、ご政道がどこか間違っているのではないか、と会話を交わしたばかりの千太郎と由布姫である。このような胸の悪くなる話は聞きたくない。だが、これが現実なのだろう。

「お仲が花活けを割ったのは、お前にしてみたら渡りに船であったろう。本物は質に入れた。割れたのは偽物、これらの事実がこれでばれずに済むと思ったからだな。いくらなんでも、手打ちにしようとしたのは、やり過ぎであったな。そんな強行な手段に出るには、なにか裏があると考えたのが、お前に目をつけたきっかけであったのだから」

「ご慧眼畏れ入ります」

「で、おぬし、私を襲わせたのはなぜだ」

「はて、いえ、そのような策は弄しません」

「ふむ」

あのとき、襲って来た敵は宗方ではなかった。

三田村が雇った刺客でもない。

としたら、誰だ。

まったく、本当の敵の姿はまだ見えてこない。

「誰かに襲われたのでしょうか」

不審そうに笹原が訊いた。

「いや、大事ない」

眉を動かしながら、千太郎は答えた。

三田村が話を続ける。

「花活けが偽物だと柿田の者にばれてしまいました。どうやら私が質屋から出るところを密かに見られていたようでございます」

「それを盾に、舞姫に惚れた小一郎の縁談を進めようとしたわけか」

「そうでございます」

「柿田家も小狡いことをやるものですねぇ」

「柿田家に、お借りした花活けが渡ってしまうと、さらに偽物とばれてしまいます。そこで奥山を歩いていた釜吉を使って、とりもどそうとしたのです。柿田家にあの偽物が渡るのは、どうしても阻止しなければいけませんでした」

「柿田家もそんなことで、縁談を進めようなどとは、いやな奴です」

不愉快そうに、由布姫が眉を吊り上げる。自分も女だ、好きでもない男の妻になりたい者はいない。

舞姫の答えが、はかばかしいものではなかったために、柿田家は、花活けを見たいといって、圧力をかけようとしたのだろう。

釜吉が会った編笠の侍は、三田村重吉であった。

しかし、と千太郎は問う。

「柿田家が、笹原が花活けを失くしたと世間に言いふらしたら同じではないか。それに大事なものを盗まれたとしたら、失態として責を負うことになる」

「もとより、質屋で流したときから、その事実がばれたら死ぬ覚悟……ごめん！」

言い終わると、三田村は腹を切ろうと脇差を抜いた。

「待て、馬鹿者！」

すぐ千太郎がそばに寄り、手首を摑んで耳元になにやら囁いた。

「え……。それは、これは、なんと」

「生きろ、生きていままで以上の忠勤に励め。これでよろしいな、笹原どの」

「あ、はい……あの」

「どうした」

「あの、あなたさまはどのようなおかたでしょう。どこぞで会ったような気がしますが」

「私か、私は、上野山下の目利きであるよ。のぉ、三田村」

名を呼ばれた三田村は、その場に平伏して額を畳にこすりつけている。その様を見て、あっと笹原治部が叫んだ。

「あの、あなたさまは……稲月」

「よい、ここでその名を出すではない。本当に私はただの目利きの千ちゃんである。よいな。三田村重吉、死ぬでないぞ」

「は……ありがたきお言葉……肝に銘じて……」

それから数日後。

花川戸の一角が燃えていた。

纏が夜の街に舞っている。扱っているのは太助だった。

纏持ちになりたくて火消しになったのだ、思いが叶った一瞬である。お仲がうれしそうに見上げている。するととなりに由布姫が寄って来て、

「これをどうぞ」

風呂敷包みを渡した。お仲が開いてみると、

「これは！」

笹原家の花活けに見えた。もちろん本物ではないが、作りはそっくりである。

「片岡屋の治右衛門さんがお仲間に声をかけて見つけてくれました。何個か同じ物が作られていたそうです」

お仲の涙は纏を振るっている太助の姿をも隠していた。

お安の葬儀は、やはり片岡屋の治右衛門が取り仕切ってくれた。徳之助は、大粒の涙を流しながら、治右衛門に何度も礼をいって、

「当分、姿を消します。親分、申し訳ねぇが、しばらく手伝いはできねぇ」

弥市としても、止めることはできなかった。

太助が纏を夜空に翻している姿を楽しそうに見ている千太郎に、由布姫が呟いた。

「これで花活け問題は解決しました。でも」

「お志津殺しの理由がまだ判明しておらぬ」

「はい……イヌワシという集団はなにが目的なのでしょうか」

「狙いは、私たちであろうな」

「理由はなんでしょう」

「わからぬが……今後、イヌワシは大きな敵になりそうだ」

闇に散る火花に千太郎と由布姫の顔が炙り出されている。

「治右衛門さんが聞いたという噂も気になります」

「ふむ。一度、国許に忍びで戻ってみようと思う」

「危険が待っているかもしれません」

「なに、危険は承知の上だ。それに市之丞がなにもいってこぬ。敢えて伝えてこぬのか、それともなにか危機が迫っているために教えられぬのか……気になる」

「そうですねぇ。もし、お忍びで戻るとしたら、私もご一緒しますからね」

「断っても、来るであろう」

ふたりは、笑いあった。

そのとき、屋根の一部が千太郎と由布姫の前に火がついたまま飛んで来た。

炎は、迫る危機を予告しているようであった。

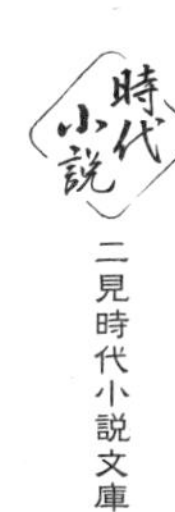

二見時代小説文庫

見えぬ敵 夜逃げ若殿 捕物噺15

著者 聖 龍人

発行所 株式会社 二見書房
東京都千代田区三崎町二－一八－一一
電話 〇三－三五一五－二三一一［営業］
〇三－三五一五－二三一三［編集］
振替 〇〇一七〇－四－二六三九

印刷 株式会社 堀内印刷所
製本 ナショナル製本協同組合

落丁・乱丁本はお取り替えいたします。
定価は、カバーに表示してあります。

 ISBN978－4－576－15165－6
http://www.futami.co.jp/

二見時代小説文庫

夜逃げ若殿 捕物噺 夢千両すご腕始末

聖 龍人［著］

御三卿ゆかりの姫との祝言を前に、江戸下屋敷から逃げ出した稲月千太郎。黒縮緬の羽織に朱鞘の大小、骨董目利きの才と剣の腕で江戸の難事件解決に挑む！

夢の手ほどき 夜逃げ若殿 捕物噺2

聖 龍人［著］

稲月三万五千石の千太郎君、故あって江戸下屋敷を出奔。骨董商・片岡屋に居候して山之宿の弥市親分とともに謎解きの才と秘剣で大活躍！ 大好評シリーズ第2弾

姫さま同心 夜逃げ若殿 捕物噺3

聖 龍人［著］

若殿の許婚・由布姫は邸を抜け出て悪人退治。稲月三万五千石の千太郎君との祝言までの日々を楽しむべく、江戸の町に出た由布姫が、事件に巻き込まれた！

妖(あや)かし始末 夜逃げ若殿 捕物噺4

聖 龍人［著］

じゃじゃ馬姫と夜逃げ若殿、許婚どうしが身分を隠して、お互いの正体を知らぬまま奇想天外な事件の謎解きに挑む。意気投合しているうちに…好評第4弾！

姫は看板娘 夜逃げ若殿 捕物噺5

聖 龍人［著］

じゃじゃ馬姫と名高い由布姫は、お忍びで江戸の町に出て会った高貴な佇まいの侍・千太郎に一目惚れ。探索に協力してなんと水茶屋の茶屋娘に！ シリーズ第5弾

贋若殿の怪 夜逃げ若殿 捕物噺6

聖 龍人［著］

江戸にてお忍び中の三万五千石の千太郎君の前に現れた、その名を騙る贋者。不敵な贋者の真の狙いとは!? 許嫁の由布姫は果たして…。大人気シリーズ第6弾

花瓶の仇討ち 夜逃げ若殿 捕物噺7
聖龍人［著］

骨董目利きの才と剣の腕で、弥市親分の捕物を助けて江戸の難事件を解決している千太郎。許嫁の由布姫も事件の謎解きに、健気に大胆に協力する！ シリーズ第7弾

お化け指南 夜逃げ若殿 捕物噺8
聖龍人［著］

三万五千石の夜逃げ若殿、骨董目利きの才と剣の腕で江戸の難事件に挑むものの今度ばかりは勝手が違う！ 謎解きの鍵は茶屋娘の胸に!? 大人気シリーズ第8弾！

笑う永代橋 夜逃げ若殿 捕物噺9
聖龍人［著］

田安家ゆかりの由布姫が、なんと十手を預けられた！ 江戸下屋敷から逃げ出した三万五千石の夜逃げ若殿と摩訶不思議な事件を追う！ 大人気シリーズ第9弾！

悪魔の囁き 夜逃げ若殿 捕物噺10
聖龍人［著］

事件を起こす咎人（とがびと）は悪人ばかりとは限らない。夜逃げ若殿千太郎君（ぎみ）は由布姫と難事件の謎解きの日々だが、ここにきて事件の陰で戦く（おのの）咎人の悩みを知って……。

牝狐（めぎつね）の夏 夜逃げ若殿 捕物噺11
聖龍人［著］

大店の蔵に男が立てこもり奇怪な事件が起こった！ 一見単純そうな事件の底に、一筋縄では解けぬ謎が潜む。千太郎君と由布姫、弥市親分は絡まる糸に天手古舞（てんてこまい）！

提灯（ちょうちん）殺人事件 夜逃げ若殿 捕物噺12
聖龍人［著］

提灯が一人歩きする夜、男が殺され埋葬された。その墓が暴かれて……。江戸じゅうを騒がせている奇想天外な事件の謎を解く！ 大人気シリーズ、第12弾！

千石の夢　公家武者 松平信平5
佐々木裕一［著］

あと三百石で千石旗本！　そんな折、信平は将軍家光の正室である姉の頼みで父鷹司信房の見舞いに京へ…。松姫への想いを胸に上洛する信平を待ち受ける危機とは!?

妖（あや）し火　公家武者 松平信平6
佐々木裕一［著］

江戸を焼き尽くした明暦の大火。千四百石となっていた信平も屋敷を消失、松姫の安否も不明。憂いつつも庶民救済と焼跡に蠢く企みを断つべく、信平は立ち上がった！

十万石の誘い　公家武者 松平信平7
佐々木裕一［著］

明暦の大火で屋敷を焼失した信平。松姫も紀州で火傷の治療中。そんな折、大火で跡継ぎを喪った徳川親藩十万石の藩士が信平を娘婿にと将軍に強引に直訴してきて…

黄泉（よみ）の女　公家武者 松平信平8
佐々木裕一［著］

女盗賊一味が信平の協力で処刑されたが頭の獄門首が消え、捕縛した役人も次々と殺された。下手人は黄泉から甦った女盗賊の頭!?　信平は黒幕との闘いに踏み出した！

将軍の宴　公家武者 松平信平9
佐々木裕一［著］

四代将軍家綱の正室顕子女王に京から刺客が放たれたとの剣呑な噂が…。老中らから依頼された信平は、家綱主催の宴で正室を狙う謎の武舞に秘剣鳳凰の舞で対峙する！

宮中の華　公家武者 松平信平10
佐々木裕一［著］

将軍家綱の命を受け、幕府転覆を狙う公家を倒すべく信平は京へ。治安が悪化し所司代も斬られる非常事態のなか、宮中に渦巻く闇の怨念を断ち切ることができるか！

乱れ坊主 公家武者 松平信平11

佐々木裕一［著］

信平は京で息子に背中を斬られたという武士に出会う。京で〝死神〟と恐れられた男が江戸で剣客を襲う⁉ 身重の松姫には告げず、信平は命がけの死闘に向かう！

領地の乱 公家武者 松平信平12

佐々木裕一［著］

天領だった上総国長柄郡下之郷村が信平の新領地に。坂東武者の末裔を誇る百姓たちと公家の出の新領主の相性は⁉ 更に残虐非道な悪党軍団が村の支配を狙い…

人生の一椀 小料理のどか屋 人情帖1

倉阪鬼一郎［著］

もう武士に未練はない。一介の料理人として生きる。一椀、一膳が人のさだめを変えることもある。剣を包丁に持ち替えた市井の料理人の心意気、新シリーズ！

倖せの一膳 小料理のどか屋 人情帖2

倉阪鬼一郎［著］

元は武家だが、わけあって刀を捨て、包丁に持ち替えた時吉の「のどか屋」に持ちこまれた難題とは…。心をほっこり暖める時吉とおちよの小料理。感動の第2弾！

結び豆腐 小料理のどか屋 人情帖3

倉阪鬼一郎［著］

天下一品の味を誇る長屋の豆腐屋の主が病で倒れた。このままでは店は潰れる…。のどか屋の時吉と常連客は起死回生の策で立ち上がる。表題作の他に三編を収録

手毬寿司 小料理のどか屋 人情帖4

倉阪鬼一郎［著］

江戸の町に強風が吹き荒れるなか上がった火の手。店を失った時吉とおちよは無料炊き出し屋台を引いて復興への一歩を踏み出した。苦しいときこそ人の情が心にしみる！

雪花菜飯（きらずめし） 小料理のどか屋 人情帖5
倉阪鬼一郎［著］

大火の後、神田岩本町に新たな小料理の店を開くことができた時吉とおちよ。だが同じ町内にけれん料理の黄金屋金多が店開きし、意趣返しに「のどか屋」を潰しにかかり…

面影汁 小料理のどか屋 人情帖6
倉阪鬼一郎［著］

江戸城の将軍家斉から出張料理の依頼！ 隠密・安東満三郎の案内で時吉は江戸城へ。家斉公には喜ばれたものの、知ってはならぬ秘密の会話を耳にしてしまった故に…

命のたれ 小料理のどか屋 人情帖7
倉阪鬼一郎［著］

とうてい信じられない世にも不思議な異変が起きてしまった！ 思わず胸があつくなる！ 時を超えて伝えられる命のたれの秘密とは？ 感動の人気シリーズ第7弾

夢のれん 小料理のどか屋 人情帖8
倉阪鬼一郎［著］

大火で両親と店を失った若者が時吉の弟子に。皆の暖かい励ましで「初心の屋台」で街に出たが、謎の事件に巻きこまれた！ 団子と包玉子を求める剣呑な侍の正体は？

味の船 小料理のどか屋 人情帖9
倉阪鬼一郎［著］

もと侍の料理人時吉のもとに同郷の藩士が顔を見せて、相談事があるという。遠い国許で闘病中の藩主に、もう一度、江戸の料理を食していただきたいというのだが。

希望（のぞみ）粥 小料理のどか屋 人情帖10
倉阪鬼一郎［著］

神田多町の大火で焼け出された人々に、時吉とおちよの救け屋台が温かい椀を出していた。折しも江戸では男児ばかりが行方不明になるという奇妙な事件が連続しており…。

二見時代小説文庫

心あかり 小料理のどか屋 人情帖11

倉阪鬼一郎［著］

「のどか屋」に、凄腕の料理人が舞い込んだ。二十年前に修行の旅に出たが、残してきた愛娘と恋女房への想いは深まるばかり。今さら会えぬと強がりを言っていたのだが…。

江戸は負けず 小料理のどか屋 人情帖12

倉阪鬼一郎［著］

昼飯の客で賑わう「のどか屋」に半鐘の音が飛び込んできた。火は近い。小さな倅を背負い、女房と風下へ逃げ出した時吉。…と、火の粉が舞う道の端から赤子の泣き声が！

ほっこり宿 小料理のどか屋 人情帖13

倉阪鬼一郎［著］

大火で焼失したのどか屋は、さまざまな人の助けも得て旅籠付きの小料理屋として再開することになった。「ほっこり宿」と評判の宿に、今日も訳ありの家族客が…。

江戸前祝い膳 小料理のどか屋 人情帖14

倉阪鬼一郎［著］

十四歳の娘を連れた両親が宿をとった。娘は兄の形見の絵筆を胸に、根岸の老絵師の弟子になりたいと願うが。同じ日、上州から船大工を名乗る五人組が投宿して…。

ここで生きる 小料理のどか屋 人情帖15

倉阪鬼一郎［著］

のどか屋に網元船宿の跡取りが修業にやって来た。その由吉、腕はそこそこだが魚の目が怖くてさばけないという。ある日由吉が書置きを残して消えてしまい…。

闇公方（やみくぼう）の影 旗本三兄弟 事件帖1

藤 水名子［著］

幼くして父を亡くし、母に厳しく育てられた、徒目付組頭の長男・太一郎、用心棒の次男・黎二郎、学問所に通う三男・順三郎。三兄弟が父の死の謎をめぐる悪に挑む！